継母の心得3

登場人物紹介
Character
◆テオバルド
ディバイン公爵家の当主で、イザベルの夫。極度の女嫌いだったが、イザベルへの想いを自覚し……
◆イザベル
マンガ「氷雪の英雄と聖光の宝玉」に出てくる悪辣継母キャラとして転生してしまった元日本人。継子のあまりの可愛さに、彼が楽しく暮らせるよう前世の知識を大盤振る舞い中。
◆ノア
ディバイン公爵家の跡継ぎ。マンガでは虐待を受けていたが、この世界ではイザベルの愛を一身に受けて健やかに成長している。

◆ダスキール公爵
オリヴィアの父親。
◆オリヴィア
ネロウディアスの側妃。
◆ネロウディアス
グランニッシュ帝国の皇帝。悪逆非道と評されているが……
◆マルグレーテ
グランニッシュ帝国の皇后で、イーニアスの実母。テオバルドの熱狂的ファン。
◆イーニアス
グランニッシュ帝国第二皇子。マンガ「氷雪の英雄と聖光の宝玉」では悪役だったが、この世界ではノアと仲良し。

目次

継母の心得3

プロローグ

一輪の向日葵《ひまわり》が、まるで笑顔を向けるように花開き、バルコニーに繋がる大きな窓から入る風に楽しそうに揺れている。その様子が私の可愛い息子に似ていて、思わず頬が緩んだ。

侍女のミランダに頼んで、息子がお見舞いにと手渡してくれた花束の一輪をベッドサイドテーブルの花瓶に飾ってもらったのだ。あまりにもにやにやしていたからか、息子がじっと見上げてくる。そのアイスブルーの瞳に自分の悪女らしいきつめの顔が映り、少しドキッとした。


前世で読んでいたネットマンガ『氷雪の英雄と聖光の宝玉』に出てくる悪辣《あくらつ》継母に転生してしまった私、山崎《やまさき》美咲《みさき》——現世では、イザベル・ドーラ・シモンズは、十七歳という若さで、氷の大公と呼ばれる冷血公爵に後妻として嫁ぐこととなった。そこで出会った幼い男の子、ノア・キンバリー・ディバイン——マンガではイザベルが虐待していたこの小さな天使との出会いが、思わぬ方向へと私の運命を変えていくことになる。

冷血公爵の息子とは思えぬ可愛さで私の心を鷲掴《わしづか》みにした義息子のために、前世の知識を使っておもちゃやお菓子を作っていたら、なんと義息子だけでなく、マンガでの悪役の第二皇子まで虜《とりこ》にしてしまったの。そのうえ、いつの間にか悪役皇子様は、ノアの親友になっていたのよ！

おもちゃ屋さんを始めたり、皇帝陛下に毒を盛られたり、敵対していた厚化粧の皇后様が、実は冷血公爵推しの残念美女であることが発覚してママ友になったりと、マンガのストーリーとは大きくズレていったけれど、このままハッピーエンドになればいいと思っていたわ。でも残念ながら、そんなに簡単なことではないようなの。

なんと、『氷雪の英雄と聖光の宝玉』のラスボス――『悪魔』が皇城に潜伏していたのよ！

しかも、公爵様や皇后様も記憶を改竄《かいざん》されていることが発覚して大混乱。悪魔に対抗できるのは、物語の主人公である義息子と、ヒロインの聖女なのだけど、息子はまだ四歳。聖女のフローレンスにいたっては二歳の可愛い赤ちゃん。絶対無理でしょ！

成長するのを待つしかないのかしら、なんて思っていたら、今度は妖精が出てきて、何故か突然妖精が見える魔法を私にかけてきたからさぁ大変！　最近態度が軟化してきた冷血公爵こと旦那様も巻き込まれて、同じく妖精が見えるようになってしまったの。一体これからどうなるのよ!?

なんて、戦々恐々としつつ、妖精が見えるようになったことを誤魔化《ごまか》すために仮病療養していた私へ、可愛い息子が花束をプレゼントしてくれたのよ。人生初の花束のプレゼントは、天使からだったわ。

大喜びする私を見て、にっこり微笑む息子。そんな息子にますますデレデレになってしまうのも、無理はないわよね。しかも、ベッドによじ上っていた息子が、顔を覗き込んできて、「おかぁさま」とニコニコしながら私を呼んだのよ。本当、なんて可愛いのかしら。

「しょれとね、アスでんかの、おてがみ、きたのよ」

うふふと笑う天使が、嬉しそうに教えてくれる。

「そうですの。イーニアス殿下からお手紙が届いたのね。良かったわね」

「奥様、それが……」

ノア付きの侍女であるカミラが困ったように、イーニアス殿下からの手紙を差し出してくる。それを受け取り、ノアに見てもいいか確認してから開く。すると、手紙の他にもなにかが出てきた。

「これは……、招待状？」

「アスでんか、ごさいになるのよ！」

「ごさい……」

『イーニアスはもうすぐ誕生日なんだってさ！』

『ゴサーイ！』

『オメデトー!!』

公爵様についていったはずの妖精たちが、いつの間にかベッドのすぐそばにいて声を上げるものだから、肩が大きく跳ねた。

いつからそこにいたのよ!?　というか、今、誕生日って言ったわよね？　じゃあこの招待状は、イーニアス殿下の誕生パーティーの招待状!?

まだ四歳の息子に、皇子様からの招待状が届いたことに顔が盛大に引き攣《つ》る。

それにしても、妖精たちは殿下のことも知っているのね。一体いつから私たちを見ていたのかしら。

「はやく、おたんじょおび、きてほちぃの」

ノアは、イーニアス殿下の誕生パーティーを心待ちにしているようだ。

でも、皇族の誕生パーティーに幼い子供が参加して、大丈夫なのかしら？　これは、公爵様に相談した方がいいわよね……。そういえば、公爵様はさっき妖精に聞きたいことがあるって言っていたけれど、結局妖精たちとなにを話したのかしら？

「ねぇ、旦那様とのお話って一体なんでしたの？」

「え？　旦那様とのお話ですか？」

あ、しまった。また声に出してしまったわ。カミラには妖精が見えていないのに。

『ナイショだよ。テオバルドとボクらの秘密さ！　スフレパンケーキはテオバルドからもらったしね』

『トケター！』

『キエター!!』

そう。それは良かったわね……

「奥様？」

「あ、ごめんなさい。勘違いしてしまったわ。この招待状の件は旦那様にも伝えておきますわね」

「はい。よろしくお願いします！」

第一章　祝福の儀

翌日、医師にもう一度診察されたあと、問題ないと太鼓判を押され（仮病なので当たり前なのだけど）、やっと自由に邸内を動けるようになった。早速、朝食時、公爵様にイーニアス殿下の誕生パーティーについて聞いてみたのだけど……

「イーニアス殿下は誕生パーティーの前に、まず教会で『祝福の儀』をおこなう。それが皇族の慣例だ。パーティーはそのあと皇城でおこなわれることになっている」

「それには、旦那様も参加されるのですよね？」

「無論だ。当然、私の妻である君も招待されている」

最近習慣になってきた家族三人での朝食のおかげか、それとも一年一緒に暮らしてきて慣れたのか、公爵様から嘘のように殺伐《さつばつ》とした雰囲気が消え、私との会話が成り立つようになってきた。

「どうやら、ノアがパーティーに招待されているようなのです」

「アスでんかから、ごしょおたい、されまちた」

隣でフレンチトーストを食べていたノアが顔を上げ、公爵様に自分で報告する。

「イーニアス殿下から直接か」

「はい！　おてがみ、いちゃ、だきまちた」

「そうか……」

まぁっ、公爵様がノアと普通にお話ししているわ！　ちょっと前まで、あんなに蔑《ないがし》ろにしていたのに……！

『連れていってやりなよ。ノアは小さいけど、賢い子だよ』

『マナー！』

『カンペキ!!』

なんでか一緒に朝食を食べている妖精たちが声を上げる。一方、公爵様の眉間には皺《しわ》が寄っていた。

「通常、五歳未満……祝福を受ける前の子供は、皇城で開かれるパーティーには参加しないのだが……」

『ん〜。それ、問題ないと思うなぁ』

『モンダイナーイ！』

『シンパイナーイ!!』

どういうこと？

「問題ないだと……？」

「旦那様」

妖精は私たちにしか見えない。それ以上話したら、使用人におかしな目で見られると思い、急いで止めに入る。その意図がわかったのだろう、公爵様は話すのをやめ、私を見て頷くと、ノアに言った。

「イーニアス殿下自らが公子……、ノアを招待したのだ。参加させぬわけにはいかないだろう」

「おとぅさま、わたち、さんかできましゅか？」

「ああ。だが、いつものように殿下に接してはならない。皇室のパーティーに参加するのならば、マナーをきちんと学ぶのだ」

「はい！」

公爵様が、父親らしいことを言っているわ……

「出発は、イザベルの体調を考慮し、一週間後とする」

『帝都に行くの？　じゃあボクらのフローレンスにも会えるね！』

『フロ、イザベルスキー！』

『フロ、カワイー!!』

妖精たちの反応に、公爵様が、お前たちには言ってないというお顔をする。それを見て、つい笑ってしまい、今度は私が使用人たちにおかしな目で見られた。慌てて咳をして誤魔化す。

『帝都っていえば、テオバルドが昨日言っていた「悪魔」も帝都にいるんだよね』

『アクマー！』

『コワーイ!!』

横目でチラリと妖精たちを見つつも、なにも答えず朝食を再開する公爵様。

妖精たちが悪魔のことを知っているということは、昨日公爵様が彼らとしたお話は悪魔のことだったのかしら？

『祝福の儀』は聖なる場所でおこなわれるため、悪魔は参加できないはず。順調に祝福の儀が終われば、イーニアス殿下は魔法が使えるようになるわ。ノアとは正反対の、炎の攻撃魔法を。

確か『氷雪の英雄と聖光の宝玉』では、代々グランニッシュ帝国の皇帝は炎の攻撃魔法の使い手だったはず。イーニアス殿下も例に漏れず、五歳の祝福の儀でそれが発現するのよ。しかも、歴代最強といわれる火魔法の使い手なのよね。将来有望なイーニアス殿下を見て、皇帝陛下がこの上なく上機嫌にしている描写があったっけ……あら？　今更だけれど、陛下って皇后様が産んだイーニアス殿下の他に、愛妾との間に十人も子供がいるけれど、その中で特にイーニアス殿下を可愛がっているというわけではないわよね。それなのに何故、祝福の儀でイーニアス殿下に炎の攻撃魔法が発現したからって、そこまで上機嫌になるのかしら？　他の子にも炎の攻撃魔法が発現する可能性はあるだろうに……

「イザベル、なにか気になることでもあるのか」

「え……あ、なんでもございませんわ。旦那様」

いけない。考え事に没頭していたわ。

「……君を悩ますものは全て取り除いてやりたいのだ。どうか、一人で苦しまないでほしい」

「だ、旦那様……っ」

ヒェェ!!　ただでさえイケメンの公爵様が、イケメンなことを言っている!!

『テオバルドはイザベルのことが大好きなんだね！』

『ヒューヒュー！』

『アツアツ!!』

妖精たち！　からかわないでちょうだい!!

「そうだな」

「へぇ!?」

な、な、な、なに言ってますのォォ!?

◇　◇　◇

『うわぁ！　変形だ!!』

『ヘンケー！』

『フラット!!』

一週間後、帝都に向かった私たち三人……と、何故か当然のようにいる妖精三人は、新型馬車に揺られていた。

広いはずの馬車が狭く感じるわ。

ノアが眠りについたので、座席をベッドに変形させると、妖精たちがここぞとばかりに騒ぎ出す。

「お前たちは一瞬で帝都に行けるのだろう。何故そうしない」

公爵様が眉をひそめ、溜め息を吐いた。

『え〜。そんなの楽しくないよ。旅は道連れっていうじゃないか。皆で楽しく旅をしよう！』

『タビハミチヅレ、ヨハ』

『ナサケー!!』

私としては、なんだか最近公爵様と二人きりになると動悸《どうき》がするので、妖精たちがいてくれてホッとしているのだけど。

『ノアは完全に眠っちゃったね。可愛いね』

『ノアカワイー！』

『ノアテンシー!!』

キノコたちが大きい妖精の肩から降りて、ノアの周りをぴょんぴょんと跳ね回る。

どうやら妖精は子供好きみたい。

「そうでしょう。ノアは、世界一可愛い子ですもの」

鼻高々に自慢すると、公爵様がゴホンッとわざとらしく咳をした。

どうしたのかしら、と首を傾げて公爵様を見る。

「イザベル、その、君と交わした『魔法契約』のことだが……」

「はい。なにか問題がございましたか？」

「そろそろ、君からは触れない、という一文を変更しないか……」

公爵様がおずおずと、こちらを窺《うかが》うようにして提案してきた。その様子が、お見舞いに来てくれた時のノアにそっくりで、やっぱり親子なのだわ、と妙に納得する。

「変更ですか？　あの、どのように変更なさりたいのでしょうか？」

公爵様は女性嫌いだから、その一文が一番大切なはずよ。だってそれと引き換えにわたくしの実家を守ってもらう約束ですもの。……もしかして、最近私がおかしいから、もっと離れてほしいとか？

「君から性的接触はしないという契約だったが、その一文をなくしてしまいたいのだ」

はい？

「私は、君ならば触れられても構わ――」

『あー！　ノアってばヨダレ出ちゃってるよ！』

『ヨダレー！』

『ダラダラー!!』

「あらあら、今拭きますわ」

口元を拭くと、ノアがころんと寝返りをうつ。乱れた布団を整えてから、公爵様に視線を戻した。

「わたくしは構いませんが、旦那様は大丈夫ですの？　女性に近付かれるのも、触られるのも苦手なのでしょう？」

「……正直に言えば、女性は今でも苦手だ。香水の匂いも、化粧の匂いも、甲高い声も、なにもかもが気持ち悪い」

「でしたら――」

「だが、イザベル」

公爵様は私をじっと見つめ、言ったのだ。

「君だけは違う」

「え……」

「君だけは、他とは違うんだ」

公爵様の言葉が、頭の中をぐるぐるしている。

口に出した本人はだんまりで、先程とは打って変わり、馬車内は静かだ。こういう時に妖精が騒いで気を紛らわせてくれたらいいのに、その妖精たちも、いつの間にかノアとともに眠っている。

馬車の揺れは心地よく、カッポカッポとリズムよく鳴る馬の蹄《ひづめ》の音も、どこか子守歌のようで眠気を誘う。

妖精って眠るのね……なんてことを考えて落ち着かない気持ちを誤魔化しながら公爵様を見る。公爵様は目を閉じたまま動かない。

眠っているのかしら？

〝君だけは違う〟

公爵様は先程そうおっしゃったけれど、それって、女性として見ていないってこと？　それとも……

「わたくしのことを……」

「……君を困らせたいわけじゃない」

静かな馬車の中に、公爵様の声が響く。いつの間にか公爵様が目を開けてこちらを見ていた。

「旦那様、起きていらっしゃったの？」

「そのような顔をするな。君が困るのなら、魔法契約の話は聞かなかったことにしてくれればいい」

「そんな……、お困りになるのは、旦那様ではないかと思いましたの」

「困らない」

困らないの？　女性が苦手なのに？　皇后様の話では、過去に酷いことをされたのでしょう？

「……イザベル、触れてもいいだろうか」

「ふ、ぇ？　は、はい。構いませんわ」

公爵様は、エスコートする時のように私の手を取ると、そのまま掌《てのひら》と掌《てのひら》を合わせた。

「小さな手だ」

「だ、旦那様の手が大きいのですわっ」

いやだわ。ドキドキしてしまう。やっぱり、前世を含めて男性慣れしていないからかしら……。

だって私、喪女《もじょ》のオタクよ。こんなアニメに出てきそうな美形に、こんなことされたら、心臓だって悲鳴をあげるでしょう!?　これは、正常な反応なのだわ！

「こうして、君に触れていても……拒絶反応など出ない」

「そう、なのですか？」

私は、ドキドキして死にそうですわ。

「ああ。それどころか……」

公爵様は私の手に指を絡め、ぎゅっと握ったのだ。

「こうして、もっと触れていたくなる」

「ヒェエッ」

ちょっと待って！　手、指っ、絡め……!?

「おかしいだろう。女性など、吐き気がするほど嫌いだというのに……」

辛そうなお顔をされる旦那様に、また、皇后様のお話を思い出す。

……吐き気がするようなことを、されたから、なのでしょう？

「君だけなんだ。考えるだけで胸が痛むのも、こんな風に触れたいと思うのも」

「だ……旦那様、わたくし、このままだと死んでしまいますわ……っ」

そんな風に言われると、男性として意識してしまうもの！　でもそうなると、この接触も、魔法契約の『性的接触』に当たるのではないかしら!?

「私を、意識してくれていると思ってもいいのか？」

「それは……っ、だってそんな風に言われたら、意識してしまいますでしょう!?」

だから離してください！　わたくし、命の危機ですわ！

「そうか」

公爵様は私から手を離し、意地悪そうな笑みを浮かべた。

「魔法契約の、君からの接触についての一文を変える必要があるとは思わないか？」

帝都に到着してすぐ、私たちは魔法契約の見直しをおこなった。確かこの間見直した時は、私と私の実家、そしてその領地を害する者から守るという内容を、公爵様が把握している危険から守る、という文言に変えたのよね。しかし、こんなに頻繁に見直しをする契約って、魔法契約である意味があるのかしら。

今回、見直しの結果、次の二点は削除されることになった。

●甲は、乙に性的な接触をしてはならない。

●甲は、乙に許可なく触れてはならない。ただし、意図しない接触は除く。

変更後の魔法契約は、こうだ。

●イザベル・ドーラ・ディバイン（以下、甲という）は、テオバルド・アロイス・ディバイン（以下、乙という）に対して、公爵夫人として従事する。

●乙は、甲と離婚してはならない。

●甲は、乙と離婚してはならない。【NEW】

●乙は、甲とシモンズ伯爵家とシモンズ伯爵領を、皇帝陛下、皇族、貴族、その他害をもたらす全ての者から守らなければならない。ただし、乙が認識していない害意による場合はそれに該当しない。

つまり、私からも離婚はできないことになっている。

というかこの契約変更、私にしか旨味がないのだけど。

公爵様にそう伝えると、「君からも離婚ができないということが私の旨味だ」と言い切られてしまった。

公爵様が、いつの間にか私に甘くなっている……!! もぅ……っ、私の心臓、爆発するんじゃないかしら。


「――おかぁさま、『しゅくふく』って、なぁに?」

イーニアス殿下からパーティーの招待状を貰って以降、ノアは皇室のパーティーのことや、作法などを教えてほしいと言うようになった。

わたくしの息子は、勉強熱心ね!

そして今日は、祝福の儀について尋ねられたのだ。

「『祝福』というのはね、教会で、神様に魔法を使わせてくださいってお願いして、いいよっていう許可を貰うことなのよ」

早速、妖精から教えてもらった正しい知識を伝えると、ノアは魔法という言葉に瞳を輝かせる。

「アスでんかは、まほー、ちゅかえる?」

「まだ使えないけれど、祝福を受けたら使えるようになるわ」

「しゅごい！　まほー!!」

「ノアも来年、祝福の儀を受けるのよ」

「わたち、まほー、ちゅかえる？」

「教会で、きちんと祝福してもらったらね」

「っ！　おかぁさま、わたち、きょおかい、いくのよ!!」

　そう言って私の腕を引っ張る。どうやら今から行く気らしい。

「ノア、祝福の儀は五歳にならないと受けられないの。だから、今から行っても魔法は使えないのよ」

「しょぉなの？」

　目に見えてしゅんとするので、「来年、お父様とお母様と一緒に教会へ行きましょう」と言い、慰《なぐさ》めるように抱っこする。

　あら、少し重くなっている……？　よく見ると、背も少し伸びているみたい。毎日見ていると、案外気付かないものなのよね。

「はい！」

「さぁ、今日はお作法の勉強をしましょうね」

「おさほぉ！」

　そういえば随分静かだけど……妖精たちはどこへ行ったのかしら？

その頃妖精たちは――

『フローレンス！』

『フロ！』

『キタ!!』

「あ～！　よーてーたん」

『やっぱりフローレンスが一番可愛いね！』

『フロカワイー！』

『フロダイスキー!!』

「よーてーたん、らっこ!!」

『フローレンス、今は人間がいるから抱っこはできないんだ。人間の目にはフローレンスが消えたように映るから』

『フロキエル！』

『ニンゲン、キャー!!』

「う？　らっこ！」

「あら、フローレンスちゃん、抱っこしてほしいの？　そっちに手を伸ばしても誰もいないわよ？　さ、こっちにおいで」

『あっ、ずるい！　ボクだってフローレンスを抱っこしたいのに！』

『アカ、アタマノル！』

『アオ、カタノル!!』

「う～？　らっこ、しゅき!!」


まさか妖精たちが、フロちゃんのところに行っているとは思いもせず、私は間近に迫るイーニアス殿下の誕生パーティーの準備をしていた。


「奥様、三日後の第二皇子殿下の祝福の儀と、夜のパーティーに着用されるドレスの確認をお願いいたします」

「奥様、ノア様のお衣装の確認を……」

「奥様、『おもちゃの宝箱』の帝都支店の……」

「奥様、宝飾品は……」

「奥様――」


使用人から次々に声をかけられ、それに指示を出しながらノアの衣装や、公爵様からいただいたドレス、宝飾品などを確認していく。


「ノアの教会での衣装はこちら。タイは、ボウネクタイではなく、リボンタイにしましょう。可愛らしい感じよりは、気品を出した方がいいわ。夜のパーティーは、レースネクタイにポイントでカメオをつけましょう」

「なるほど。こういった感じでしょうか？」

「そう！　華やかになるわね！」

「奥様、ありがとうございます！」

「当日はノアが公爵家の後継者とわかるように、しっかり着飾ってあげてちょうだい」

「はい！」

「次は……お店ね。収支報告？　それはもう処理しているはずだけれど？　お店の方じゃなくて、商会の方？　そうだったわ！　商会を設立したのよね。ありがとう。目を通しておくわ」

「奥様、お次は――」


「お疲れさまでございます」

「はぁ……。祝福の儀まであと三日しかないのに、バタバタしているわね」

ミランダにお茶を淹《い》れてもらいながら、商会の収支報告書に目を通す。

特に問題ないようだわ。さすがウォルトが推薦した人材は優秀ね。

現在、私が設立した『ベル商会』を取り仕切るのは、公爵家の執事長ウォルトが推薦した四十代の女性だ。元々は、公爵家のタウンハウスで会計士として働いていたらしい。

女性の会計士なんてこの世界では珍しいのよね。

寿《ことぶき》退社したようだが、子供たちも自立して手があいたので、仕事を探していたそうだ。

ブランクが長いのに商会を取り仕切れるなんて、本当に優秀な女性だわ。

「いずれ皇太子殿下になられる方の祝福の儀でございます。そこに旦那様がノア様を同行させるということは、ディバイン公爵家の次期後継者として、第二皇子殿下の側近にすることをお考えだということですので……皆気合が入っているのかと思います」

「そうよね……」

旦那様がイーニアス殿下の後ろ盾になることはまだ発表していないが、ノアが参加することによって、周りはそう見るのだわ。それが変にオリヴィア側妃を刺激しないといいのだけど……

「旦那様は、今どうなさってますの？」

「旦那様はいつものように執務室でお仕事をなさっておいでです。お会いになられますか？」

「あ、いいの。お仕事の邪魔をすることはできませんし、その……、少し気になっただけですわ」

いやね。旦那様のことを考えただけで、ドキドキしてしまうわ。

「お茶にお誘いしてはいかがですか？　休憩も仕事の効率を上げるためには必要だと愚考いたします」

「っ！　そ、そうね。お誘いしてみようかしら……」

ミランダにすすめられ、思い切って誘ってみることにしたのだ。


「イザベル、君からお茶の誘いがあるとは思わなかった。嬉しいよ」

ヒエエエ!!　旦那様のスイートスマイルは私の心臓を爆発させる兵器だわ！

「い、いえ……。お仕事のお邪魔になっていませんか？」

「いや、いいタイミングで休憩ができて良かった」

「そ、そうですの」

私、絶対挙動不審よね⁉　視線が彷徨《さまよ》って迷子になりそう‼

「そういえば、君に贈ったドレスと宝飾品は気に入ってもらえたか？」

「ひゃい！」

「ひゃい……？」

いけない！　旦那様が不審がっているわ。

「嬉しいのですけど、わたくしの誕生日にもドレスをいただいたのに、また贈っていただいて、なんだか贅沢な気がしますわ……」

散財させてしまっているわよね。

「パーティーがあるのだ。妻にドレスを贈るのは当たり前だろう」

さすが公爵家だわ……。私の実家とは違って、当たり前と言えるくらいお金があるのね。

「それに、美しい君を着飾らせたいと思うのは、男として当然だろう」

「ヒエェェ‼」

た、助けて……っ。今ので心臓が爆発したみたい。私、絶対死んだわ。

「……イザベル、ところで……その……、ゴホンッ。そろそろ、寝室を」

『たっだいまー‼』

『カエッター！』

『オカエリー‼』

「ギャアアアア!!」

突然後ろから聞こえてきた声に、驚きすぎて叫んでしまった。

ミランダとウォルトが、襲撃か!?　と身構えてすごく怖い顔で周囲を見回したのが目に入り、すぐさま自分の口を塞ぐ。ですけど、急に声が聞こえたら驚きますわよ！

『ギャアッて、イザベル、君、女性としてありえない叫び声だよ。普通、キャー！　じゃないの？』

『ギャー！』

『モンスター!!』

妖精に、女性としてのダメ出しをされてしまったわ。

「突然現れないでくださいまし！　驚きすぎて爆発した心臓が口から出ましたわよ！」

『エェ!?　君、心臓が爆発して口から出たの!?　よく生きているね!?』

『コワイ！』

『ゾンビ!!』

「比喩《ひゆ》ですわよ!?」

旦那様がなにかを言おうとしていたようだったが、妖精のせいで有耶無耶《うやむや》になってしまった。

そのあとも妖精たちが騒いでいたのと、爆発した心臓を修復するのに必死で、旦那様が肩を落としていたことに気付かなかったのだ。

◆
◆
◆

同時刻、皇城のある一室には、二人の男性の姿があった。

外はまだ明るいというのに、カーテンは閉めきられ、蝋燭《ろうそく》の明かりが二人の影を揺らす。

「――祝福の儀で、イーニアス殿下は、必ず炎の神の加護を授かるでしょう」

「うむ。そうなってもらわねば困る」

不気味に揺れる影はいつしか混ざり合い、大きな一つの影を作る。

「ご安心ください、陛下。これは皇子の『運命』です。変えることなど、誰にもできないのですから」

「そうか。そうなれば、朕の――」

全てを闇に染めて、影はゆらゆら笑う。

はやく……、はやく……、あの子を不幸に陥《おとし》れろ、と――

◆◆◆

イーニアス殿下の誕生パーティーの当日。早朝からバタバタと忙《せわ》しない公爵家のタウンハウスでは、奥様エステ隊を結成したメイドたちが、お風呂でピカピカに磨かれた私を、さらにこれでもかと磨いていてくれていた。

とても気持ちいいのだけど、イーニアス殿下のお誕生日なのに、どうして私がここまで磨かれているのかしら？

「とうとう、帝国一美しいご家族として皆様の前に登場なさるのですね！」

「皆様の反応が見られないのが残念です！」

「絶っ対、奥様が一番お美しいですよ！」

キラキラとした目で語るメイドたちにぎょっとする。

帝国一美しい家族⁉　確かに旦那様とノアの美貌は国宝級よ。でも私は……え、今気付いたのだけれど、私が隣に並んでも大丈夫かしら⁉

「奥様の美貌は、旦那様にも見劣りしませんから大丈夫です」

専属侍女のミランダにそう言われた。少しはマシにしてもらえた？　と安心した直後、もしかして口に出していた⁉　と、慌てて手で口を塞いだら、「お顔に出ておりました」と言われてしまった。あげく、メイドたちから「奥様、まだ動かないでくださいませ」と注意されてしまったわ。

「旦那様は本当にセンスがよろしいのですね！　アフターヌーンドレスも、イブニングドレスも、奥様の美貌をより引き立てるものですわ！」

エステが終了したあと、衣装担当者が祝福の儀で着るドレスを絶賛する。

今日着るものは、全て旦那様から贈られたものだ。

アフターヌーンドレスは、ホワイトゴールドがベースのマーメイドライン。マーメイドとはいっても、そこまで身体にぴったり沿うものではなく、身体のラインがあまり出ない緩めのものだ。裾が流れに沿うように分かれていき、下から覗く金木犀色《きんもくせいいろ》の生地が美しい。しかも、ところどころに金木犀《きんもくせい》の花を模した装飾が施されている。とても上品で、可憐だ。

それに合わせる宝飾品は、金木犀《きんもくせい》の花を象《かたど》った、ホワイトゴールドの繊細なチョーカータイプのネックレスとブレスレット、イヤリング、そしてヘアアクセサリー。

これが滅茶苦茶可愛いのよ！　金木犀《きんもくせい》の花は小さくて、細かいでしょう。これを意匠《いしょう》にするには、ものすごく繊細で正確な技術が必要なの。それを、完璧にやっているのよ。ディバイン公爵領のジュエリーデザイナーが作ったのですって。

「ゴールドは奥様の瞳のお色ですし、金木犀《きんもくせい》の意匠《いしょう》が奥様の気品をより引き出しておりますね！」

「御髪《おぐし》は後ろでお纏《まと》めします」

「ここは編み込んで、冠のようにしましょう……。そうそう。後ろはお団子ではなく、下ろして……素敵です！」

「ではこちらのアクセサリーを御髪《おぐし》におつけしますね」

「アイラインは金木犀《きんもくせい》のお色に合わせましょう」

ヘアメイク担当のメイドたちがどんどん仕上げていく。

さすがプロ。お化粧で、私のつり上がった目も優しい感じに仕上がっているわ。

「奥様、準備ができました」

「ありがとう。とても素敵だわ」

鏡の中の自分は、金木犀《きんもくせい》の花のように可憐になっている。

「はぁ〜。素敵」

「お美しいわ〜」

メイドたちの感嘆と賛美の声が恥ずかしいので、そそくさと部屋を出た。

ノアと旦那様の支度は終わったかしら？　きっとノアは可愛いでしょうね。楽しみだわ！


ミランダを引き連れ、リビングへ向かう。

まだ時間があるから、いるとしたらリビングのはずよ。……旦那様は、私を見てなんとおっしゃるかしら……

「奥様？」

「ハッ！　いやですわっ、少しぼうっとしていたみたい」

「左様でございますか」

私ったら、旦那様が最近甘々だからって、図に乗っているのだわ！　ダメダメ。いくら好きになってくださっても、求めすぎたら呆れられてしまうのよ！　って、なにを言ってるの私!!　旦那様が私をす、好きだなんて!!　好きなんて一言も言われてないでしょう!?　いえ、でもあれはもう好きってことよね……いやいや、そうやって期待させられて、ダメでしたってことが前世で何度もあったじゃない！　忘れるな、ポンコツ頭!!

「奥様、お止まりくださいっ。そのままではぶつかってしまいます！」

ミランダの声にハッとして足を止めると、目の前にリビングの扉があった。

もう少しでぶつかるところだったわ……

「ミランダ、ありがとう」

「やはり、早朝からバタバタしておりましたのでお疲れなのですね。まだお時間がございますし、お茶をご用意いたします」

ミランダは有能ね。

「お願いできるかしら」

そう伝えたあと、リビングの扉を開けてもらう。

ドキドキしながら部屋に入ると、長い足を組んでソファに座る旦那様と、その対面にちょこんと座るノアがいた。

「まぁ、二人ともお支度を終えていらしたのね」

ノアが羽織っているジャケットは緑色で、おそらく金木犀《きんもくせい》の葉っぱをイメージしているのだろう。指示したリボンタイは金木犀《きんもくせい》の色で、中のシャツはホワイトゴールドだ。シャツの襟《えり》はセーラー服のように大きめで、ノアの可愛さを引き立てていた。子供ならではのハーフパンツも可愛らしいわ。しかもお澄ましして座っているのがますます可愛いのよ！

対面に座る旦那様も、ノアと同じ色合いで、膝下までの長めのジャケットには、ゴールドで金木《きんもく》犀《せい》の刺繍《ししゅう》が細かく施されている。私のように可愛らしいデザインではなく、金木犀《きんもくせい》の葉っぱも入った、なんだか格好いい柄だ。

色合いは同じなのに、可愛らしいノアとは全く雰囲気が異なるわ。

「おかぁさま！　とぉっても、きれぇね！」

今の今までお澄ましして座っていたノアが、私に気付いた途端、嬉しそうにソファから降りてやってくる。

「ありがとう。ノアもとーっても格好いいわ！」

「わたち、かっこぃ？」

「格好いいわ。さすがわたくしの騎士様ね」

「おかぁさま、おはなみたいに、きれぇよ！」

まぁ！　私の小さな騎士様は、とってもお口が上手いみたい。

「イザベル……」

盛装したノアと戯《たわむ》れていると、いつの間にかそばに来ていた旦那様が、私の名前を愛おしそうに呼ぶものだから、やっぱり私のこと好きなんじゃなくて!?　と図々しく考えてしまう。

「君こそが、可憐に咲く金木犀《きんもくせい》の花そのものだ」

旦那様は私の手を取り、指の先に口づけを落とすと、とろけるような笑みを見せた。

「美しい金木犀《きんもくせい》の妖精、どうか私にエスコートさせてくれないか」

なんなの!?　旦那様ってこんなことをおっしゃる方だった!?

私の顔は今、真っ赤に染まっていることだろう。

『本物の妖精、さんじょーう！』

『ホンモノハ、コッチー！』

『ヨーセー、アラワル!!』

どこからともなく現れた妖精たちを見た瞬間、旦那様の眉間に深い皺《しわ》が刻まれた。

『わーっ、イザベルってば本当に、ボクらのように綺麗じゃないか！』

『キレー！』

『ピカピカ!!』

ぴかぴか？

「……やはり、妖精ではないな。女神のように美しい」

変えた!? 旦那様が妖精から女神に言葉を変えたわ!!

『なんでだよ！ 妖精でいいじゃないか！』

『ヨーセート、イエー！』

『ヨーセーダロ!!』

妖精たちのおかげで台なしね……

「おかぁさま、わたち、えしゅこおと、しゅる！」

「まぁ！ ノアがエスコートしてくれますの？」

「しゅる！」

折角なので、両手に花でエスコートしてもらいましょう。

「旦那様、ノア、エスコートをお願いできますかしら？」

「もちろんだ」

「はい！」

フフッ。まるで悪女にでもなった気分だわ。あら、そういえば私、悪女でしたわね。

『二人の男にエスコートさせるなんて、やるねぇ』

『ジョオーサマ！』

『ケイコクノビキ!!』

妖精たちがからかってくるけれど、なんだかいい気分だわ。

◇　◇　◇

高級感のある黒塗りの新型馬車が教会の広場へ入っていく。ディバイン公爵家の紋章が付けられたそれに、人々の目は当然集まるわけで……

「旦那様、新型馬車はやはり注目されますわね」

「現時点で新型に乗っているのは我々くらいだろうからな」

にやりと、まるで悪戯《いたずら》っ子のように微笑んだ公爵様は、その長い足を組み替えて言う。

時刻は午前十時前。ほとんどの貴族はすでに教会に到着しているようで、教会の広場は多くの馬車で混雑している。そんな中、公爵家の馬車を操る御者《ぎょしゃ》は堂々と教会の正面に馬車を停める。フットマンにより恭《うやうや》しく扉が開かれると、公爵様は落ち着いた様子で立ち上がり、馬車を降りる。

「ディバイン公爵閣下よ！」

「なんて素敵なの」

女性たちの黄色い声と溜め息が馬車の中まで届き、アイドル並みの人気だと感心してしまう。

「ノア、降りましょう」

「はい、おかぁさま」

立ち上がり、ノアの手を引く。先に私が降りてノアを抱き上げた方がいいかしらと思った時、外に出ていた旦那様がノアに手を伸ばし、抱き上げたのだ。

「きゃーっ」

「公子を抱き上げているわ!!」

「お揃いのお衣装ですのね！　なんて素敵な親子なのっ」

案の定周りの令嬢、ご婦人が大騒ぎし、それによりさらに人が集まってくる。窓から見ると、門の向こうでは庶民も大勢野次馬しているではないか。

あれが新型の馬車かと集まる人々、ディバイン公爵を一目見ようという人々に囲まれており、馬車から降りるのを躊躇《ためら》うほどだ。

「イザベル、手を」

ノアを下ろした旦那様が、私に手を差し出してくる。ドキドキしつつも手を取って、ドレスの裾を踏まないように上げ、ゆっくり馬車の階段を下りると、集まっていた人々がどよめいた。

「なんて素敵なの……」

後々ミランダが語ったことによると、金木犀《きんもくせい》を模した衣装を身に纏《まと》う、高貴な一家の姿に皆が見《み》惚《と》れたのだとか。

時が止まったかのように呆けていた貴族たちだったが、ディバイン公爵一家に道を作らねばならないと思ったのか、モーセの海割りのように人混みが割れ、その中を公爵様とノアが堂々と歩いていくではないか。私はといえば、公爵様にエスコートされているので、止まるわけにもいかず、一緒に教会へ入っていく。

「キャアアァァァァ!!」

「素敵ィィィィ!!」

「テオバルド様ァァァ!!」

「公子様ァァ！　こっちを向いてェェ！」

「なんって美しい!!　イザベル様ァァァ!!」

さながら、ハリウッドスターがレッドカーペットを歩いているかのごとく、興奮した人々が叫ぶ。

そのあと、新型馬車の注文が殺到し、巷《ちまた》では金木犀《きんもくせい》を模したアクセサリーや洋服が流行し出すのだが、私たちがそれを知るのはまだ先のことであった。

◇　◇　◇

「――これより、イーニアス・エゼルバルド・グランニッシュ第二皇子の、祝福の儀を執《と》りおこないます」

世界中の教会で最も長い歴史を持つといわれる、グランニッシュ帝国のトルノ大聖堂。その、普段は閉ざされた最奥の部屋の祭壇前で、イーニアス殿下は、大司教の言葉を恭《うやうや》しく聞いている。純白の祭服をお召しになっており、一生懸命練習したのであろう手順に沿って、神々の像の前に跪《ひざまず》く。

聡明さが滲《にじ》み出ているわ。皇后様もさぞ誇らしいでしょうね。

最奥の部屋とはいえ、内部はドイツのケルン大聖堂に似て広い。神々の像の後ろにある窓からは光が差し、神々しさと荘厳さを醸《かも》し出していた。

「イーニアス・エゼルバルド・グランニッシュへ祝福を――」

大司教がそう言った直後、神々の像から光が溢《あふ》れ、スポットライトのようにイーニアス殿下を照らし出す。そして虹色の光がキラキラと殿下の周りに降り注いだ。

『あれが神々の祝福さ。それに、見ていて……』

『モウスグ！』

『ドーン!!』

妖精たちが私たちの後ろから、なにが起きているのか教えてくれる。

どうやら光は私と旦那様にしか見えていないようで、周りにいる貴族たちは皆、落ち着いた様子だった。

というか、もうすぐドーンってなに？

と思った瞬間、イーニアス殿下の前にゴォォォ!!　と火柱が上がったのだ!!

火柱は徐々に人型をとっていき――やがて、炎でできた髪に、炎でできた服を纏《まと》った、全身が赤い仁王像のような男性が現れたではないか！

「っ⁉　だ、旦那様……っ」

「……落ち着け。あれは、私たち以外には見えていないようだ」

旦那様に言われ、もう一度周りを見るが、本当に誰もなにも反応していない。

『焔《ほむら》の神だよ』

『コーリン！』

『ドーン‼』

「っ⁉」

妖精の声に、旦那様と顔を見合わせる。

『焔《ほむら》の神が加護をお与えになるのさ！』

『カゴー！』

『オアタエー‼』

加護⁉　イーニアス殿下に神の加護⁉

「……そうか。皇帝になる者は、必ず火の攻撃魔法が使える。つまり、神はイーニアス殿下を次期皇帝にとお認めになったということだ」

えぇ⁉　それは……確かに、マンガ『氷雪の英雄と聖光の宝玉』でもイーニアス殿下は火の攻撃魔法を使えていたわ。それでも兄弟と帝位を争っていたわよ。一体どういうこと……？

焔《ほむら》の神は、イーニアス殿下の頭に人差し指でちょんっと触れる。すると、イーニアス殿下があっという間に火柱に包まれた。

大丈夫だとわかっていてもハラハラするわ！

『あ、焔《ほむら》の神様がボクらを見ているよ〜。手を振っとこうよ』

『バイバーイ！』

『グッバーイ!!』

ちょっと!? そんな軽い感じでいいの!?

あ、焔《ほむら》の神様、本当に手を振り返してきたわ。旦那様が少し呆れた瞳で焔《ほむら》の神を見ているのがなんとも……

『すごかったね。火柱』

『ドーン！』

『ゴォオ!!』

焔《ほむら》の神は、イーニアス殿下の火柱が収まると同時に消えてしまった。妖精たちは、いいものを見た、みたいな軽い調子で会話をしている。旦那様は眉根を寄せ、ノアはキラキラとした瞳でイーニアス殿下を見つめていた。そして、皇帝は――何故か、上機嫌に笑っていた。

『氷雪の英雄と聖光の宝玉』で描写されていたのと同じように。

第二章　ディバイン公爵とダスキール公爵

無事（？）に祝福の儀が終わり、このあとは一旦解散して、着替えてから夜の誕生パーティーに参加するのだが……

「相変わらず素敵ですこと……」

「あれが、ディバイン公爵のご子息？」

「そっくりですのね！」

「奥様って確か、あの噂の？　イメージと違っていて驚きましたわ……」

「あのドレス、もしかして金木犀《きんもくせい》をイメージされたのかしら」

「素敵なドレスだわ〜」

私たちの周りでコソコソ囁く貴族たちに圧倒される。今回は正統なお血筋である皇子、イーニアス殿下の祝福の儀ということもあって、地方の貴族も参列している。

主役のイーニアス殿下が退場してから、視線とヒソヒソ声がすごいのだ。

ここに来る際も、馬車に乗っている時から注目の的だったし、馬車から降りたら、人混みが割れて自然と道が作られたのよね。あれは怖かったわ。

「旦那様、早く出ましょう」

「ああ」

こういう時、公爵で良かったって思えるわよね。早々に場を離れられるから。

そう考えていた時。

「――これは、ディバイン公爵」

「……ダスキール公爵」

教会を出たところで突然、四十代後半くらいの男性に話しかけられた。

ダスキール公爵……って、オリヴィア側妃の父親じゃない!?

旦那様は無表情で、瞳は氷のように冷え切っており、初めて会った時に感じた威圧感のようなものを醸《かも》し出していた。私は、ノアをそっとドレスの後ろへ隠す。

「久しぶりですな」

「なにか用がおありか」

「ハハッ、相変わらずのご様子。お若い奥様をもらったと聞きましてね。ご挨拶でもしようかと思って声をかけてみたのだが……」

ダスキール公爵は私をチラリと見たあと、旦那様に視線を戻す。

「お美しい奥様をもらわれたのですな」

「……イザベル、挨拶を」

滅茶苦茶嫌そうな雰囲気を出す旦那様に促《うなが》され、ドレスの裾を持ち上げる。

「テオバルドの妻、イザベル・ドーラ・ディバインと申しますわ」

「これは麗《うるわ》しい奥様だ。私はタラント・チュアン・ダスキール。ダスキール公爵家の当主だ」

オリヴィア側妃の父親だけあり、とても美形だわ。旦那様には及ばないけれど。側妃のピンクブロンドの髪と、琥珀色《こはくいろ》の瞳は父親に似たのね。お顔は……、あまり似ていらっしゃらないから、お母様似なのかしら。

「ウチの次女をディバイン公爵の後妻にどうかと話していたのだが、断られるだけはある」

……一言多い方ですわね。

旦那様を見ると、思ったとおり眉間に皺《しわ》が寄っていた。

『なぁんか、嫌な感じだね』

『イヤー！』

『モヤモヤー!!』

妖精たちも嫌がっているわ。やっぱりノアは隠しておいた方がいいみたい。

「では我々は失礼させていただく」

「おや、ディバイン公爵家の小さな後継者には挨拶させてもらえないのですかな？」

嫌な感じの笑みを向けるダスキール公爵に、旦那様の眉間の皺《しわ》がますます深くなる。

ノアを、あまりこういう癖のある大人と接触させたくないのだけど……、そういうわけにもいかないわよね。

「……失礼した。ノア、挨拶を」

「はい！」

旦那様に元気にお返事をし、ノアは私の後ろから出てきて背筋を伸ばし——

「でぃばいんこおしゃくけ、ちゃくなんの、ノア・きんばりー・でぃばいん、です」

ハキハキとご挨拶したではないか。

なんて賢く可愛らしい息子なの！

「小さなディバインの後継者。もしかしたら、私は君の親戚になる可能性もあるからね。よろしく頼むよ」

はぁ!?　まさか自分の娘に子供が生まれたら、ノアに嫁がせるとか!?

「そのような可能性はない。我々は急いでいるので失礼する」

旦那様はその言葉をぶった切ると、私の腰を抱き、ノアの手を握って歩き出した。ノアもこの時ばかりは前を向き、ダスキール公爵を見ようとはしなかった。

「……ふんっ、そんなことを言っていられるのも今のうちだけだ。オリヴィアは次期皇帝を産むのだから、いずれダスキールはディバインを凌駕《りょうが》するだろう。その時は、ディバインも私が手に入れてみせる……！」


『って、アイツが言っていたよ』

『ワルー！』

『タクランデルー!!』

馬車の中での妖精のリークに、乾いた笑いが漏れる。

「旦那様、やはり中立派は、オリヴィア側妃の御子を皇帝にできる自信があるように思われてなりませんわ。もしかして、イーニアス殿下になにかする気なのではなくって？」

「アスでんか、わたちがまもるの！」

ノアが私の話を聞いて、可愛いお顔を凛々《りり》しく変え、高らかに宣言する。

しまった！　ノアの前で話すことではなかったわ。

ノアはカッコ可愛いけれど、子供にこんなことを教えてしまうなんて！

慌てて口を両手で塞ぎ、ノアの様子を窺《うかが》うと、旦那様がノアに話しかけた。

「そうだな。皇太子となるイーニアス殿下を守るのは、いずれお前の役目になるだろう」

「はい！」

「しかし、今はまだ力が足りぬ。お前は自身をしっかり磨くのだ」

「……はい」

まぁ……。あの旦那様とノアが、ちゃんと父子をしているわ。

『ねぇねぇ、前にテオバルドが言っていた悪魔だけど、教会にはそんな気配なかったよ？　皇宮や皇城も調べた方がいい？』

『スパイ！』

『スパイ!!』

妖精たちは一体なんの話をしているの!?

「……また邸《やしき》に戻ってから話そう」

私に向けてか、妖精に向けてか、旦那様はそう言ったあと黙り込んでしまった。

馬車に揺られ邸《やしき》に戻ると、旦那様とお話しする間もなくメイドたちによってお化粧を落とされ、お風呂に入れられて、エステ隊にお肌を整えられる。

旦那様とお話ししなくてはならないのに……

「あの金木犀《きんもくせい》のドレスは、ご家族の肖像画を描く時にもう一度ご着用いただきますので、トルソーに着せておいてください」

ミランダがそう指示しているのが聞こえ、小首を傾げる。

「肖像画？」

「旦那様が先日、絵師のアーノルド様にご依頼なさいました」

「え、そうなの？」

ミランダを鏡越しに見ていると、メイドに「奥様、パックをいたしますので目を閉じていただけますでしょうか」と言われた。

「あ、ごめんなさい」

慌てて目を閉じる。

肖像画のことは気になるけど、お肌のお手入れの邪魔をしてはダメよね。

髪のトリートメントや、全身のお肌のお手入れ後、今度は別のトルソーに着せられた夜用のドレス一式が運ばれてくる。

一言で言えば『星の降る夜』のようなドレス。

アフターヌーンドレスとは異なり、プリンセスラインで華やかだ。スカート部分が総レースで、黒っぽいが、真っ黒ではなく、青や紫が混ざったような幻想的な色合いで、裾に向かうにつれ、白銀のグラデーションになっている。まるで宝石をちりばめたようにキラキラしているその様は、まさに星空のようで、メイドの皆がうっとりしているではないか。

あら？　あれは……本物の宝石だわ。小さなダイヤがちりばめてあるみたい。旦那様、一体ドレスにどれだけお金をかけたのかしら……

アフターヌーンドレスといい、かかった金額を考えると顔面蒼白になる。

「はぁ〜。奥様は本当に深く愛されているのですねぇ」

夢見るように息をつくメイドたちに、「そ、そう思う？」と恐る恐る聞く。

私の勘違いじゃないのよね？

「もちろんです!!　アフターヌーンドレスのモチーフになっていた金木犀《きんもくせい》の花言葉は、謙虚、気高い人、そして……」

「「初恋!!」」

キャーッと、メイドたちは大盛り上がりだ。ミランダが注意しているが、私は、やっぱりそうなのかしら!?　と一人ドキドキしていた。

……あら？　このドレス、旦那様とノアと、私の髪色じゃなくて？　きっとそう。旦那様は、私たちの髪色をドレスにしてくださったのだわ!!

「わたくしを……、想ってくださっているの？」

クゥウ……

その時、子犬の鳴き声のような音が私のお腹から鳴って、恥ずかしさに赤面してしまう。

そういえば、お昼ご飯を食べていなかったわ……。私の身体は、ときめきよりも美味しいご飯を求めているみたい。

「すぐに軽食をご用意いたします」

素早くメイドたちが動き出す。

「あ、旦那様とノアにも軽食を用意してちょうだい」

「かしこまりました」

旦那様から贈られたドレスを着るのは、軽食のあとになりそうだわ。

SIDE　皇帝

「イーニアスは火の神の加護を授けられたのか!?」

「私はまだ、イーニアス殿下のお姿を見ておりませんので、なんとも……」

「えーい！　使えん奴め!!　イーニアスが火の神の加護を受けねば、朕の計画が台なしになるのだぞ！」

なにが『悪魔』だ、教会にも入れぬくせに！　全く役に立たぬ小蝿《こばえ》ではないか！　朕がこれほど欲しているというのに!!

「今すぐ確認してくるのだ！」

イーニアスが火の神の加護さえ授かっていれば、長年朕を馬鹿にしていた奴らの鼻を明かすことができるのだ。

「……かしこまりました」

早く。早く、イーニアスの身体を乗っ取って――

「違う……っ。朕は、そんなことをのぞんで、はいなぃ……っ」

う……っ。あ、頭が……いた……っ。イーニアス……っ。

「イーニアスは朕の大事な……」

「おいおい、なんでオレの力が解けかかってんだ？　まさか教会に行ったからか……」

頭に、靄《もや》がかかっているようだ……。朕は、なにをして……

「チッ、面倒臭ぇなぁ。お前はオレのおもちゃなんだから、最後までこの遊びに付き合ってくれねぇと面白くねぇだろ」

ぞっとするような冷めた声……、この声は……っ。

「ったく。しゃーねぇなぁ」

頭に誰かの手が……!?　ぅあ、頭が痛い……っ。割れそうだ!!　痛い……っ。

「ぅぐっ。……っ。ゃめて、くれ……っ」

「お前は、あの可愛い皇子サマをオレの――に育てないといけねぇんだよ」

「朕は……、イーニアスを――」

◆　◆　◆

一流のオーケストラが音楽を奏でている。盛装に身を包んだ紳士はシャンパンのグラスを傾けながらビジネスの話をし、華やかなドレスを着た貴婦人たちは笑い合う。皇后様の計らいで、今日の夜会では飲食をするもしないも自由らしい。おかげで毒の心配をする必要がないのは助かる。念のため、ノアにも会場で出ているものには口をつけず、喉が渇いたら腰のベルトホルダーに入れている小さなタンブラーから飲むよう言い含めておいた。あまりお行儀がいいとは言えないが、命には代えられない。

「ディバイン公爵家の皆様ですわ」

「ご家族でお揃いにしたアフターヌーンドレスも素敵でしたけれど、夜の装《よそお》いも素敵ですわね～」

「金木犀《きんもくせい》の意匠《いしょう》のドレスだったのでしょう？　わたくし見られなかったのです！　悔しいですわっ」

「公子様が腰に巻いている、素敵なアクセサリーはなにかしら？　衣装に馴染《なじ》んでいて格好いいですわね」

「本当、不思議なアクセサリーですわ」

私は旦那様のエスコートで、ノアの歩みに合わせてパーティー会場をゆっくり移動する。

私たちの前方を行くノアは、落ち着いて前を見て歩いていた。

「私の夜の女神、聞いてもいいか」

「旦那様、夜の女神だなどと、恥ずかしいですわ。なにがお知りになりたいのでしょうか？」

私のドレスが夜空なら、旦那様とノアは白銀に輝く二つの月だろう。なにしろ二人は、お揃いの服を着用しているのだから。

旦那様はすごく高そうな白銀のテールコートとスラックスを身につけており、中のベストはシャンパンゴールドで、テールコートの裾からチラ見せしているところがまたオシャレだ。生地の刺《し》繍《しゅう》も同系色で、星や月の柄が描かれている。きっと私のドレスに合わせているのだろう。

体格は細マッチョなのに、腰が細く引き締まっているから、テールコートがよく似合っているわ。

ノアもお揃いだが、こちらは通常丈のジャケットにレースタイを合わせ、夜の女神の意匠《いしょう》が施されたカメオを付けている。

パンツは子供らしくハーフパンツで……っ、すごく可愛い！　なによこれっ、王子様じゃない!?　可愛い王子様!!

「ノアの腰に付けている、あのアクセサリーは一体なんだ？」

「あれは、ベルトホルダーといって、物を収納して持ち運べるのです。今日は、あの中にノアの飲み物を入れておりますのよ」

「ほぅ……。白の革でできているのか。服に合わせた柄も入っているからか、馴《な》染《じ》んでいるな」

「そうですわね。やはりなにがあるかわかりませんもの。皇宮での飲食は控えたいですが、水分不足になってもいけませんでしょう。ですから、飲み物を持参したのですわ」

「そうか……。君も飲食はしないよう気を付けてくれ」

「はい。わかっておりますわ。旦那様も……その、気を付けてくださいまし」

言っているうちに恥ずかしくなり、顔をそらしてしまう。

なんだかこうして心配し合うのは、本当の夫婦のようで照れますわね。

しかし、旦那様からはなんの反応もない。私だけが舞い上がっていたのだわ、とますます恥ずかしくなってきた。深呼吸をしてから、平気なふりをして旦那様の方を見ると——

「……っ」

彼は愛おしいものでも見るように目を細め、見たこともない優しい笑みを浮かべていたのだ。

「だ、ど……っ」

『あれ美味しそう！　ねぇ、あれ食べたい！』

『タベターイ！』

『ヨダレダラダラ!!』

妖精たち……、ブレませんわね。

「もうすぐ主役が登場しますわよ。少し我慢なさって」

『『えー!!』』

「帰ったら好きなスイーツを食べさせてやるから我慢しろ」

公爵様が、私の腰を引き寄せる。

『絶対だよ！　ボクはアイスが入ったイチゴのクレープが食べたい！』

『プリン！』

『スフレパンケーキ!!』

「わかったから、少し黙ってくれ」

……公爵様、妖精を餌《え》付《づ》けしておりますのね。

「ノア、こちらへいらっしゃい。もうすぐイーニアス殿下があの階段の上から出てこられますわ」

「はい、おかぁさま」

ノアは少し緊張しているみたいだわ。

私と旦那様の間にノアを挟むようにして立つ。今いるのは、この会場で皇族が現れる階段に一番近い場所だ。初めて参加する皇城でのパーティーに緊張しているノアの手を握り、微笑みかけると、ノアも小さな手できゅっと握り返してくる。

しばらくして音楽がやみ、階段上の空間に皇帝と皇后様、そして本日の主役であるイーニアス殿下が現れた。陛下の挨拶のあと、小さなイーニアス殿下が前に出てきて口を開く。

「ほんじつは、わたしのたんじょうパーティーに、よくきてくれた。かんしゃする。みなをたのしませる、よきょうもよういしているので、こよいは、たのしんでいってくれ」

小さな皇子の、堂々たるスピーチに皆が驚き、その聡明さを認識した瞬間だった。

この時会場にいた皆が思ったことだろう。『この方が、将来帝国を背負って立つのだ』と。

その思いは、イーニアス殿下に向けられた拍手喝采《かっさい》が物語っていた。ノアはそれに誇らしげな顔をし、旦那様もいつもより柔らかい瞳で拍手をしている。

皇后様は、旦那様との話し合いで宣言したとおり、イーニアス殿下をしっかりと教育なさっているのだわ。

「余興か……。イーニアスよ。朕にもちょっとした余興を見せてもらいたい」

そんな最中、この温かい空気を壊すような言葉を発した者がいた。

「ちちうえ……？」

戸惑うイーニアス殿下に、皇帝はこう言った。

「朕に、お前の魔法を見せよ」

「陛下！　お待ちくださいっ、イーニアスはこれから魔力コントロールを学ぶのです。今ここで魔法を使えなどと、無茶苦茶ですわ！」

皇后様が慌てて皇帝と殿下の会話に入り込む。

「うるさい！　朕は皇帝ぞ！　お前たちは朕の言うことを黙って聞いていればいいのだ‼」

「魔力が暴走したら、どうなさるおつもりです‼」

「魔力の暴走？　ふんっ。それならば、あそこにディバイン公爵がいる。万が一の時は、あやつが止めてくれるだろう。なにせ、帝国最強と言われているのだしな」

皇帝は階段の上から旦那様を見下ろし、馬鹿にするように笑うと、イーニアス殿下に向き直った。

「イーニアス、お前は今日、祝福を受けた。ならば魔法を使えるようになったということだ。朕は息子の魔法が見たい。見せてくれるな」

「陛下‼」

「……はい。ちちうえ」

「イーニアス!?」

イーニアス殿下が頷くと、皇帝はニヤッと笑って階段を下りてくる。そして、わざとらしくマントをはためかせながら旦那様の前を通り、皇帝用の椅子にドカリと座って足を組んだ。相変わらず好感が持てない態度だ。皇后様は、今日も厚めにお化粧をしているが、それでも隠し切れないほど表情が険しくなっている。

「皇帝陛下は一体なにをお考えなのだ……」

「イーニアス第二皇子は、今日祝福を受けたばかりだろう……」

「魔力コントロールの勉強もまだの子供に、魔法を使わせるなどと……っ」

この場にいる貴族たちも騒然としている。皇帝派の面々すら、さすがに戸惑っているようだった。

「旦那様……、イーニアス殿下は大丈夫でしょうか……」

魔法なんて使ったことがない子供がいきなり魔法を使えば、最悪、コントロールできなかった体内の魔力が一気に外に排出され、その際の爆発的なエネルギーによって周辺が吹き飛んでしまう可能性がある。

魔力量によっては、この会場どころか、皇宮すら危ういかもしれないのよ。

それに、イーニアス殿下ご自身も魔力が枯渇し、数日目覚めないということもありうる。

だからこそ、祝福を受けた翌日から、魔力コントロールを教わるというのに……。皇帝は一体なにを企んでいるの!?

「帝国の太陽に拝謁《はいえつ》いたします」

「……うむ」

突然、旦那様が陛下の前に出て挨拶を始めたので、私とノアも慌てて後ろで礼を執《と》る。

「畏《おそ》れながら、皇帝陛下に奏上いたします」

「なんだ」

「皇后陛下のおっしゃるとおり、イーニアス第二皇子はまだ魔力コントロールすら習っておられない。となれば、万が一魔力暴走が起きた時に、御身が危険に晒《さら》されます」

「……だから、ディバイン公爵、そなたが守れと言っている」

「もちろん、陛下はお守りいたします。が、この場にいる貴族はどうなるのでしょうか」

「む……」

皇帝が貴族たちに目を向ける。「陛下!!」と皇帝派の筆頭である、皇后様の父親からも声が上がった。

「……うむ、ではこうしよう。魔法防壁が張れる者を呼んで参れ」

その言葉に、貴族たちがどよめいた。

「陛下!!」

「うるさい!!　うぬらは朕の言うことを黙って聞いておればいいのだ!!」

珍しく、皇帝派にもキツく当たる陛下に、皆が戸惑っている。

結局、皇城所属の優秀な魔法使いがやってきて、様々な魔法で防壁を作ったのだけど……

「アスでんか……」

皆が部屋の端に退避し、ぽっかりとあいた空間に一人佇《たたず》むイーニアス殿下。そんな殿下を、ノアはじっと見ていた。

心配よね……

「旦那様、イーニアス殿下は大丈夫かしら……」

「……仮に魔力暴走が起きても、本人にそこまで危険はない」

『魔力が枯渇しないように、ボクらがフォローしてあげるから大丈夫だよ！』

『フォロー！』

『ガンバルー!!』

公爵様と妖精たちの言葉に少しだけ安心するが、それでも、あの小さな皇子様に少しでも危険があるとなれば、不安は尽きない。皇后様もさぞご心配なさっているだろう。

皇帝の隣で、イーニアス殿下をじっと見つめている皇后様。その拳は微かに震えている。

「おかぁさま、アスでんか、だいじょぶよ」

「え？」

突然のノアの言葉に、呆気に取られる。

「わたち、おかぁさまに、おちえてもりゃったこと、アスでんかに、おおちえちたのよ」

え？　私がノアに教えた……？

「さいしょ、かりゃだのなかの、まりょく、かんじるの」

「ノア？」

息子の言葉とタイミングを同じくして、イーニアス殿下が目を閉じ、静かに息を吐いた。

「おへしょのところ、あったかよ」

殿下はおへそのあたりを触っている。

「あたまのうえ、おてての さき、あちのさき、ぜんぶあったかにするのよ」

あら？　殿下の全身が、仄《ほの》かに光っているような……

「しょれ、おててにあちゅめるの」

待って！　それ、もしかして……っ。

突如イーニアス殿下の右手から殿下の身長と同じくらいの大きさの火柱が上がった。

「きゃーっ」

「いやぁぁ！」

魔力暴走だと思ったのか、皆が悲鳴を上げて、あとずさる。

「ちいしゃく、ちいしゃく、まんまりゅに、しゅりゅの」

自分が出した炎に一瞬驚いていたイーニアス殿下だったが、すぐに火柱をコントロールし始める。

火柱はどんどん小さくなっていった。

「りょーほーのおてて で、ちゅちゅむのよ」

旦那様も、ノアの言葉とイーニアス殿下の行動に唖然《あぜん》としていますわ。

ノアの小さな声がイーニアス殿下に聞こえているわけではないだろう。けれど、ノアの言ったとおりにイーニアス殿下が両手で炎の球を包む。ここまでくれば、やることは一つだ。

「旦那様っ、イーニアス殿下があの火球を放とうとしています！　殿下の目線の先に、氷の壁を張ってくださいまし！」

「っ!?」

旦那様は私の声にハッとし、殿下が身体を向けている方角の窓の前に厚い氷の壁を作った。

「ちかりゃこめて、まえにおちだすのよ」

ノアがそう言った瞬間、イーニアス殿下は氷の壁に向かって火球を放ったのだ。

火球がぶつかり、氷壁が激しい水蒸気を上げる。皆は口を開けたまま呆然とし、会場内は静まり返っていた。

「——て、天才だ……」

誰かが呆然と呟いた。

帝国一と言われる旦那様が作った氷の壁の上半分が、イーニアス殿下の魔法によって完全に溶けてしまっている。たった五歳のイーニアス殿下が、初めて使った魔法でやったことは、貴族たちの常識を覆《くつがえ》すものだったのだ。誰かが呟いたとおり、紛れもなくイーニアス殿下は『天才』なのだろう。そして……

「おかぁさまの、おかげね」

イーニアス殿下に魔力コントロールの方法を教えたノアも、天才だわ。だけどまさか、前世のアニメから学んだ魔力コントロールの方法が、ノアから殿下に伝わるなんて。しかもそれが天才を生

むなんて……複雑よね。

「ノアったら、遊びで教えた方法を覚えていたのね」

「……イザベル、君は子供になにを教えているんだ……」

「ほ、ホホホッ」

笑って誤魔化すが、旦那様の目は冷たい。

『すごいや……。あんなに上手に魔力をコントロールできる人間、初めて見た』

『スゴイ！』

『カンペキ!!』

妖精たちすら驚いているではないか。

もしかして、私のオタク知識はこれまでの魔法の教育方法を覆《くつがえ》すものなのかしら。

「……しかし、まずいな」

「え？」

公爵様の言葉と、その緊迫したお顔に不安が募《つの》る。

「なにが、マズいのでしょうか？」

「イーニアス殿下が、『火の攻撃魔法』を使えるということが大勢の貴族の前で証明された」

え？　それは、いいことなのでは？　だって、次期皇帝として確定するということですわよね？

実力も申し分ないですし、性格も可愛らしいし、理想の皇太子ですわよ。

「まだ幼い殿下が皇太子に確定してしまったら、お命を狙われる可能性が高い。いや、確実に狙われるだろう」

「そんな……っ」

そういえば、旦那様と皇后様の話し合いでも、そのようなお話が出ておりましたわ。だから、旦那様が後ろ盾になることを公表するのも殿下が成長してからだと……

「――火の攻撃魔法……っ。そうだ、間違いない。あれは、神が皇帝と認めた者にしか授けぬ、『火の攻撃魔法』だ!!」

皇后様の父親が、嬉しそうに叫んだ。すると、それを皮切りに今まで呆然としていた貴族たちが騒ぎ始める。

「陛下！　我が孫……いえ、イーニアス殿下は、火の神のご加護を授けられたのです!!」

そう叫ぶ己の父親を皇后様は睨みつけ、唇を噛むと私……いえ、旦那様を見た。しかし、旦那様もここまで大々的に見せつけられてはフォローのしようがない。さらに、皇后様との魔法契約で、今の時点では旦那様の後ろ盾があることは公表できない。さしずめ、イーニアス殿下はなんの防具もないまま、高難易度ダンジョンに放り出された状態になってしまったのだ。

「クク……フハハハッ。さすが朕の息子よ」

皇帝の笑い声が会場に響き渡る。

イーニアス殿下はといえば、魔力枯渇は起こしていないものの、初めての魔法に疲れを見せている。皇后様が駆け寄り殿下を支えると、皇帝を睨んだ。

「やはり、イーニアスは火の神の加護を授けられていたのだ!!」

ハハハッと高笑いする皇帝は、いつもよりもさらに様子がおかしく、見ているだけで鳥肌が立った。

「そうだぁ……。ディバイン公爵！　我が国に伝わる次期皇帝を選ぶ『伝統』があったよなぁ。言ってみろ」

ニヤニヤといやらしく笑い、そう振ってくる皇帝に、ディバイン公爵派閥の貴族たちが殺気立つ。皇帝派はまさか皇帝がそんなことを言い出すとは思わなかったのか、目を丸くしていた。

「……初代皇帝であるアントニヌス様が、火の神の加護を賜《たまわ》ったことから、代々火の神の加護を授かった者が立太子することが伝統になっております」

公爵様がそう答えると、場は騒然とし、イーニアス殿下に拍手する者まで現れた。

まるで、イーニアス殿下の立太子式のような異常な盛り上がりに、戸惑いを隠せず旦那様を見上げたその時。

「陛下！　それは伝統であり、決まりではございません!!　現に陛下は……っ」

声を上げたのは、教会で私たちに声をかけてきた、オリヴィア側妃の父親ダスキール公爵だった。

「黙れ!!　ダスキール公爵……、朕はそなたに発言を許した覚えはない！」

ダンッと椅子の腕置き部分を叩いた皇帝は、ダスキール公爵をそれは恐ろしい顔で睨む。ダスキール公爵は、これから生まれる自分の孫を皇帝に据えるために、イーニアス殿下の立太子を阻《はば》もうとしたのだろう。しかし、彼の発言は皇帝の逆鱗《げきりん》に触れた。

「そもそもダスキール公爵、そなた今、朕を貶《けな》したのか？」

「滅相もございません!!　陛下、私は……っ」

「もうよい！　そなたは退出せよ！」

「陛下!?」

今代の皇帝が火の神の加護を持たないことは、あまりに有名で、それゆえ禁句となっていた。ダスキール公爵はイーニアス殿下の魔法を見て余裕を失い、それを口にしてしまったのだろう。

皇帝陛下にはたくさんの子供がいるけれど、今のところイーニアス殿下以外に火の神の加護を持つ者はいない。皇帝陛下は、もしかしたらそのことを気にしていたのかもしれないわ。だからあんなに喜んでいるのかしら……

なんだか違和感を覚えながらも、私はそれを見ていることしかできなかった。

ＳＩＤＥ　皇帝

「――あにうえ」

「なんだ、いたのかでき損ない」

「なんでお前がこの宮に来ているんだ？　でき損ないの分際で」

朕には同腹の兄が二人いた。兄はどちらも火の神の加護を授かり、朕だけが授からなかった。

初代皇帝のアントニヌスは火の神の加護を賜《たまわ》り、後にディバイン公爵家を興《おこ》した弟のウェルスは、風と水の神の加護を賜《たまわ》ったという。それ以降、皇帝になる者は火の神の加護を授かり、ディバイン公爵家の後継者は、風と水の神の加護を授かるのだそうだ。だから加護を持たない朕は、兄たちからはいつもでき損ないと呼ばれていた。父上は側妃や愛妾を娶《めと》ることはなかったが、三人の息子に恵まれ、そのうちの二人は火の神の加護持ちだったため、臣下から不満が出ることはなかった。

「第三皇子殿下、この宮は兄君方の宮でございます。第三皇子殿下は入ってはなりませぬ」

「第三皇子殿下、この宮は皇后陛下の宮でございます。第三皇子殿下は入ってはなりませぬ」

「第三皇子殿下、この宮は皇帝陛下の宮でございます。第三皇子殿下は入ってはなりませぬ」

　家族だというのに、朕は何故か両親の宮にも、兄上たちの宮にも立ち入ることは叶わなかった。

　しかしある時、いつも朕を止める門番がいない日があった。朕は母上に会いに行けると思って、母上の宮に入ったのだ。そして、兄たちに見つかった。兄たちは朕のことを小蝿《こばえ》でも見るような目で見て、でき損ないは出ていけと言う。母上に助けを求めるが、どうやら母上には朕の姿が見えぬようで、目も合わなかった。その時気付いたのだ。朕は、誰にも名を呼ばれたことがない、と。皇宮での朕の名は、ずっと『第三皇子殿下』だった――

　そんな毎日が変化したのは、朕が十四歳の頃だった。

　兄たちが死んだのだ。

　火の神の加護を持つ兄たちは、後継争いをした末、互いに互いを殺したのだそうだ。そこから突然、母上は朕のことが見えるようになった。貴族たちは、火の神の加護を持たないでき損ないが皇太子では心許《こころもと》ないと、父上に子をなすよう奏上したが、父上はもうご高齢だったからか、それを拒否した。

結局、朕は皇太子となったが、でき損ないが貴族から認められることはなかった。忠臣面をした父上の臣下たちは、朕にできる限り多くの子をなせ、それが国のためなのだと、毎日、毎日、寝所に女を送り込んできた。朕は、朕ができ損ないだから仕方ないのだと、それを受け入れた。

気付けば、まだ皇太子の身にもかかわらず愛妾は数えきれないほどいたし、子供も生まれていた。

生まれた子供には、何故か会わせてもらえなかったけれど。

しかし、何人も生まれた朕の子供に、火の神の加護を授かる者は誰一人いなかった。それからも女を送り込まれることは度々あった。その頃、父上が、朕に言い放った言葉が忘れられない。

「無駄なことを」

病に臥《ふ》した身で、そう言ったのだ。朕ができ損ないだから、朕の子供は皆、火の神の加護を授かれない――そう言いたかったのだろうか。

それなら……、誰でも同じなら、用意された者ではなく、朕は朕が望んだ者との間に子が欲しい。

その子を皇帝にするのだ。

マルグレーテ、太陽のように明るく輝く彼女を皇后に。生まれて初めて、朕が望んで手に入れた人。これから貴族たちが、何人愛妾や側妃を送り込んできても、皇帝になるのは、朕と彼女の子供だけだ。兄たちのように、子供たちが争わないよう、レーテとの子供は一人だけ。そう決めた。

そして生まれたのは、レーテにそっくりな可愛い皇子だった。

この子だけ。この子だけが朕の子供だ。だから、側妃や愛妾の子供とは一切交流させない。悪意に晒《さら》されては可哀想だから。火の神の加護を授からなくてもいい。朕が絶対に皇帝にしてあげるから。

朕の大切な宝物。レーテとイーニアスは、朕が守るからね――

「あーあ、初めての魔法で失敗するか、誰かを傷つけてくれれば、可愛い皇子サマは簡単に堕《お》ちてくれたのになぁ」

「朕のイーニアスは……、朕、の……イーニアス、は……絶対、皇帝になるのだ……」

「そう、そう。それで、あの可愛い皇子に、お前はなるんだ」

「ちが……っ」

「違わねぇよ。お前は、火の神の加護を授かったあの皇子の身体を乗っ取って、誰も文句のつけようがない完璧な皇帝になるんだろ」

朕の、大切な――

「……そうだ。朕は……、朕こそが、なによりも優れた皇帝になるのだ。あの身体は、朕のものだ……っ」

第三章　生贄《いけにえ》

「第二皇子が皇太子に決まったって、どういうことよ!!」

ガシャンッと花瓶が割れ、活《い》けられていた花が床に散らばる。大きな音を立てたにもかかわらず、使用人がやってこないことに疑問を持つ余裕もないほどオリヴィアは焦っていた。

臨月。お腹が大きく膨《ふく》れ、数ヶ月前まで魅力的だと褒《ほ》め称えられたウェストのくびれは、見る影もない。そんな己の状況に鬱々《うつうつ》としている時だった。

「なんで、なんでなんで!!　なんで私の子供じゃなく、あの女の子供が皇太子に決まったの!?」

喚き散らす相手は、タイラー子爵と呼ばれる壮年期に入ったばかりの男だ。

「……まだ確定したわけではありませんが、火の神の加護を受けたようですから、ほぼ決まりでしょう」

「っ……殺しなさい!!　皇帝になるのは私の子供よ!!　そう『契約』したでしょう!?」

あの女の子供だけは皇帝にさせるものか、と顔を歪《ゆが》めるオリヴィアに男は言う。

「私がした『契約』は、その腹から男児が産まれる、というものですが？」

「っ！　あんた、私を裏切る気!?　私は『生贄《いけにえ》』も捧げているでしょう！」

オリヴィアはそう言うが、実際にはまだ貰っていないと男は思う。

「それは、その腹から男児が産まれたら貰う約束の贄《にえ》ですよ」

「だったら!!　私の子供を皇帝にして……っ、生贄《いけにえ》ならいくらでも渡すから!!」

「あなたが、その望みに見合う贄《にえ》を用意できるのか疑問ですが？」

「私を誰だと思っているの！　『悪魔』に渡す生贄《いけにえ》ぐらい用意できるわよ!!　なにがいいの!?　私のお母様？　それとも妹かしら!?」

オリヴィアが約束した最初の贄《にえ》は、自分の父親だった。男が生まれた暁《あかつき》には、オリヴィアの父親であるダスキール公爵を、悪魔の贄《にえ》にすると約束していたのだ。

「いいえ……。それでは対価に見合いません」

「じゃあ、じゃあ……っ　誰なら、私の子が皇帝になれるの!!」

「そうですね……。イザベル・ドーラ・ディバイン。彼女を、この『悪魔』の贄《にえ》に――」

◆　◆　◆

「――旦那様、なにか違和感が拭えませんわ」

イーニアス殿下の五歳の誕生パーティーの帰り、馬車の中でずっと気になっていた違和感。

すっかり疲れて眠りについてしまったノアが、家のベッドに寝かされるのを見守ったあと、お風呂に入り、パジャマに着替え……そしてこのモヤモヤに我慢ならなくなって、旦那様の寝室へ突撃してしまった。

「どうしたのだ……。突然」

公爵様は驚いた様子だったが、部屋の中へ招き入れてくれた。初めて入ったが、執務室と同じようにシンプルで、あまり物が置かれていない。

女性のドレスはとても凝《こ》ったものを用意されるのに、ご自身はシンプルなものがお好きなのかしら。

「このような時間に申し訳ございませんわ。その、ご不快であれば、ウォルトを呼んでいただいても構いませんので、お話しする時間をいただ……」

「不快ではないし、ウォルトを呼ぶ必要もない」

「ぁ、そ、そうですの？　では……」

あら？　私、男性の寝室に遅い時間にやってきてしまって……、はしたない真似をしているのでは？

「イザベル、隣に座ってもいいだろうか？」

「へ？　は、はい。構いませんわ」

返事をするやいなや、旦那様は隣に座り、私の肩にナイトガウンをそっとかけてくれた。

シルクの肌触りが心地いい……。さすが旦那様のナイトガウン。最高品質だわ。

「それで、なんの違和感が拭えないんだ」

「それは……、皇帝陛下ですわ」

馬車の中で考えていたのは、イーニアス殿下が教会で祝福を受けた時のあの笑み。そして、皇城のパーティーでの態度だ。

「陛下は、ご自身が火の神の加護を持っておられないことに、コンプレックスを感じていらっしゃいますよね」

「……ダスキール公爵の発言に対する言動を見る限りでは、そうかもしれない」

「そのようなコンプレックスがある方が、自分の息子とはいえ、火の神の加護を授かった殿下にあそこまでご機嫌になるものでしょうか」

あの皇帝ならば、自分の子供に嫉妬することもあり得るのでは、と思う。

だって、悪逆非道と評される皇帝よ。あのイーニアス殿下の魔法を見て、コンプレックスを刺激されないはずがない。

「君の言いたいことはわかるが……」

旦那様は言葉を切り、なにかを考えている。

「皇帝は、イーニアス殿下が焔神《ほむらがみ》の加護を授かったことを、心から喜んでいるのではないか……と、そんな気がするのだ」

「え？　どうしてそうお考えですの？」

「……皇帝は、女好きだと評判だが、実際はそうではないと考えている」

えぇ!?　愛妾も側妃もたくさんいて、子供も十一人もいますわよ？

「女好きというなら、皇帝が君に興味を引かれないわけがない」

はい？

「君は誰よりも美しいだろう。にもかかわらず、皇帝は君に一切興味を示さなかった。何度も会っているのに、誰もが見惚《みと》れる君に見惚《みと》れないのはおかしい」

「旦那様？　それは身内の贔屓目《ひいきめ》というものなのではありませんこと!?　単に、わたくしのようなキツめの女性はタイプではない、ということではないかと……」

「キツめ？　君は自分が周りにどのように見られているのか、そろそろ自覚すべきだ」

　えぇ……？

「話は逸れたが、実は女性に興味がないと考えると、皇帝の行動にも納得がいく」

「皇帝陛下が、そのような素振りをなさったのですか？」

　あの、悪逆非道の見本のような皇帝が？

「奴の愛妾や側妃は全て、皇帝派の者が選んだ者だ」

　色狂いの男性が、そんな他人任せな選び方をするものなのか、と旦那様はおっしゃりたいのね。

「下手に好みで選んで、問題になってはいけないからではありませんの？」

「私も君に惹かれるまではそう考えていた。だが、最近気が付いた。奴の目は、皇后を前にした時だけ……変わるのだ」

　え、今サラッと惹かれたって……!?　いえ、皇后様の前でだけ変わる？　旦那様、わたくしは、どちらを気にしたらよろしいの!?

「あの……、旦那様。皇后様を見る目が違うというのは、どういうことですの？」

すごく気になることを言われたけれど、話の腰を折るわけにはいかないと、皇帝陛下の話について質問する。

「皇后だけは、皇帝が望んで皇宮へ迎えたのだ」

「え？　ですがオリヴィア側妃や、エイヴァ側妃を寵愛なさっていたのではありませんの？」

エイヴァ側妃は、オリヴィア側妃のお茶会の時に、体調が急変し、その後お亡くなりになりましたが……。おそらくは黒蝶花の毒で――

「エイヴァ側妃は皇帝派が用意した女性だ。オリヴィア側妃も、皇帝がダスキール公爵領にある鉱山を視察した際に、寝所に潜り込んできたらしい。皇帝は皇帝派の者が用意した女性と勘違いしたと聞く」

「お待ちになって。先程から女性を用意とおっしゃっておられますが、皇帝派は何故そんなに皇帝陛下に女性をあてがっているのですか？　子供はすでに十一人もいるのですよ？」

「焔神《ほむらがみ》の加護を持つ子供を、産ませるためだろう」

それではまるで、種馬扱いではないですか……

「皇帝は、与えられた女との間に子を作ることが、自分の仕事だと思っている節《ふし》がある」

「仕事……」

「だから寝所に潜り込んだオリヴィア側妃にも、なにも考えず手を出したのだろう」

「そんな……」

マンガで、女性にだらしないと描写されていた皇帝と少し違うわ……

「寵愛というが、皇帝の行動は決まっている。先程も言ったように、一度手を出した相手は子ができるまで通い、子ができたら一切接触しないのだ」

そんなの寵愛とは言わない。ただ機械的に子づくりしているだけじゃない。

「しかし、皇后に対してだけは違う。子ができても、頻繁に接触している。なにかと理由をつけては皇后の宮に通っているのだ。……とはいえ、夜をともにするわけではないようだが」

「それは、ご正室だからなのではなくて？」

「言っただろう。皇帝の目が違うと。あれは、愛する者を見る目だ」

愛する……。皇帝陛下は、皇后様だけを、愛しておられるの？

「愛する人との子供は、特別だろう」

「イーニアス殿下は、皇帝陛下にとって特別な存在だと？」

「そうだ。だから、皇帝はイーニアス殿下の加護を喜んでいる」

旦那様、断言なさりましたけど……

「仮にそうだとして、そんな特別に愛しく思っている子に対し、あのように魔法を使えなどと無理強いして、危険に晒《さら》したりするでしょうか……」

「私は、それこそ『悪魔』が関わっているのではないかと考えている」

「っ!?」

「妖精に悪魔のことを詳しく聞いたのだが――」

やっぱり話があると妖精を連れ出したのは、悪魔のことを聞くためでしたのね。

「人の記憶を改竄《かいざん》し、洗脳する能力を持つ悪魔。それに当《あ》て嵌《は》まる者が一人、いるそうだ」

妖精たちは、あの悪魔を認識していたのね。

「やはり、タイラー子爵は悪魔でしたの」

公爵様は頷くと、妖精から聞いたという話を教えてくれた。

「悪魔の名は『アバドン』というらしい」

マンガ『氷雪の英雄と聖光の宝玉』に出てくる悪魔で間違いないわ。

「どうやらその悪魔は、この帝国が建国された当時からいるようだ」

「えぇ!? この国が建国されたのは、千五百年以上前ですわよ!?」

あの悪魔、そんなに昔からいましたの!?

「妖精が言うには、悪魔は本来一つしか能力を持たないらしい。だが、アバドンはいくつもの能力を有し、それを使用して、昔から皇城や皇宮に巣食っているそうだ」

「千五百年も巣食っていて、どうして今頃動き出していますの!?」

「悪魔がなにを考えているのかはわからないが、能力が記憶の改竄《かいざん》と洗脳だけとは限らないところが厄介だな……」

そんなにいくつも能力を持っているなんて、マンガにも描かれていなかったわよ!? ノアは悪魔に氷の攻撃魔法で対抗していたから、旦那様が得意とする氷魔法は効くと思うのだけど……、そう考えると能力さえわかれば、聖女がいなくても対抗できるのかしら?

「旦那様、妖精は悪魔の弱点についてなにか言っておりましたか?」

「……弱点なのかはわからないが、悪魔の肉体は人間のものだったと、先程報告された」

「人間の……って」

確かに聖典には悪の心を持つ人間から悪魔が生まれたとあったけれど……

「千五百年生きていますのよね？　人間の肉体でそのようなことが可能ですの⁉」

「通常は耐えられないだろうが、考えられるのは……、アバドンは、人間から悪魔に変わった者で、悪魔に変化した魂《たましい》は肉体まで影響を及ぼす。もしくは……、『肉体を替えている』か」

肉体を替える？　憑依《ひょうい》する、みたいなこと……？

「っ！　もしかして‼　……旦那様、悪魔の持つ能力は、通常一つ、とおっしゃいましたよね」

「ああ」

「けれどアバドンには、いくつもの能力がある」

「そうだ」

これは……私の考えが正しければ、最悪なことが起きようとしているのかもしれないわ……っ。

「旦那様、もしかしてアバドンは、人間を乗っ取って、肉体と能力を奪っているのではなくて？」

「なんだと？」

一気に、旦那様の周りの温度が下がったような気がするわ。

「仮に、アバドンの本来の能力が、肉体と能力を奪える『憑依《ひょうい》』だとします。アバドンは、特異魔法を持つ者の肉体とその能力を奪って、千五百年生きてきたとしたら……？」

「いくつもの能力を持っていることと、人間の身体で千五百年生きていることの説明はつく……。しかし、違う人間に憑依《ひょうい》する際に、前の能力は失うのではないか？」

旦那様の言うことは一理ある。けれど――

「特異魔法は肉体に宿るのか、それとも精神に宿るのか、あるいはその両方なのかはわかりませんが、憑依《ひょうい》して奪った特異魔法の中に、吸収のようなものがあったとしたら……。精神も肉体も吸収してしまえば、能力は失わないのではなくて？」

『強奪』の能力も頭を過《よぎ》ったけれど、肉体を替えないといけないことを考えると、取り込む能力だと思うのよね。

「そんな都合のいい特異魔法など聞いたこともないが……」

「旦那様、特異魔法の申告は強制ではございません。皇后様が隠しておられるように、自身の持つ特異魔法を明かさない人がほとんどだと思いますわ」

「そうだな……。そう考えると、次に悪魔に狙われるのは――」

そんな話をした数日後のことだ。

オリヴィア側妃が皇子を産んだという報告が、旦那様のもとに届いたのである。

「皇子ですの!?」

「ああ。本当に皇帝の子かは不明だが、一応第三皇子の誕生ということになる」

その情報に、目眩《めまい》がした。『氷雪の英雄と聖光の宝玉』では、第三皇子とイーニアス殿下が、次期皇帝の座を巡って争うからだ。

やっぱり、マンガのとおりに皇子が生まれたのだわ……！

「それと……、ダスキール公爵が昨夜から行方不明になっております」

「ダスキール公爵が？」

執事長のウォルトの言葉に、教会で話しかけてきたピンクブロンドの男性を思い出す。

あの人が、行方不明？

「皇帝の怒りを買ったために謹慎中であったが、突然消えるというのは不自然だ。念のため、悪魔と関連があるかを調査している」

公爵家の当主が家出とは考えづらいですものね……

「そうですの……。オリヴィア側妃は、吉報と凶報が同時にやってきて、さぞ戸惑っていらっしゃるでしょうね……」

子供を産んだばかりで疲れ切っているところに、父親が行方不明なのですもの。

「オリヴィア側妃は、父親が行方不明になったと聞いて、大袈裟《おおげさ》なくらい動揺してみせたそうだ」

旦那様は顔をしかめてそう言い、手にした報告書に冷めた目を向けた。

「旦那様は、オリヴィア側妃がダスキール公爵の失踪に関わっていると思っていらっしゃるの？」

「大人の男だぞ。昨晩から姿が見えないからといって、そこまで動揺することでもないだろう」

確かに、旦那様のおっしゃるとおりだわ。

「オリヴィア側妃様とダスキール公爵は不仲なのですか？」

不仲なのであれば、オリヴィア側妃が失踪に関わっている可能性も増すけれど……

「いいえ。不仲という話は聞いたことがないわ！」

「ヒェッ!?」

突然後ろから声がして飛び上がる。

心臓が、口から飛び出すかと思ったわ！　まだバクバクいっているじゃない。

「皇后陛下、特異魔法を使用して邸《やしき》に侵入するのはやめろと言ったはずだが」

冷たい目で私の背後を睨みつけながら、凍り付きそうな声音でそうおっしゃる旦那様。

注意されるほど侵入しているのかしら……うん、していますわ。

「きゃーっ！　テオ様のブリザード対応も素敵ぃ!!」

皇后様……相変わらずですわね。

「と、そんなことよりも、ダスキール公爵が発見されたわ。どうやら謹慎中にもかかわらず、登城していたようなの。お騒がせよね」

まぁ、行方不明ではなかったのね。

「でしたら悪魔は関係ございませんわね」

なんでもかんでも悪魔と結び付けてはダメよね。

少しホッとしていると、皇后様の表情が硬いことに気付く。

よく見ると、顔色も良くないわ。

「皇后様……？」

「実はね……」

皇后様は私たちの顔を見て、少し迷ったような素振りをしたあと、おずおずと口を開いたのだ。

「謹慎中にもかかわらず登城していたなんておかしいでしょう。だからアタシ、気になって見に行ったのよ」

この人、相変わらずフットワークが軽いわ。

「そうしたらね……、ダスキール公爵を見て、自分でもよくわからないけど、なにか違和感を覚えたの。でも、他の人はいつもどおりに対応しているし……、さすがのアタシも怖くなって、急いでここに転移してきちゃったってわけ」

皇后様の話に血の気が引く。

「旦那様……っ」

旦那様は静かに頷き、皇后様を睨むように見た。

「皇后、タイラー子爵は今どうしている」

旦那様の質問に、皇后様はキョトンとして言った。

「え？　タイラー子爵……？　それは、どなた？」

嘘でしょう⁉　皇后様の記憶から、タイラー子爵の存在が消えているの⁉

「だ、旦那様！　まさか悪魔が……っ」

旦那様は、深刻そうな表情で呟いた。

「ああ。奴は、ダスキール公爵の身体を乗っ取ったようだな」

狙われるのはイーニアス殿下だと思ったのだけど……、悪魔の狙いが全然わからないわ。

「やっぱりアタシの記憶は、改竄《かいざん》されているのね……」

あまりのことに動揺していると、皇后様はさらに顔色が悪くなった。今にも倒れそうなのに冷静に、多角的な視点で物事をご覧になっていらっしゃるところは、さすが政治家だと感心する。

「皇后様……」

「イザベル様の誕生パーティー以降、アタシなりに悪魔のことを調べたわ」

やはり、この人は行動力がありすぎる。

「皇后様！　そんな危険な真似を……っ」

悪魔にバレて皇后様になにかあったらどうなさるのですか⁉

「大丈夫よ。調査したのは主に教会と……、黒蝶《こくちょう》花《か》についてだったから、悪魔と結び付けることはできないでしょう」

真っ青な顔色で無理矢理笑うものだから、余計痛々しいのよ。

「皇后様、座ってお話しいたしましょう。旦那様、お部屋を移動してもよろしくて？」

「ああ、そうしよう。ウォルト」

「かしこまりました。すぐにお茶の準備をいたします」

私たちは執務室から、お客様用のリビングへ向かう。

皇后様は凛《りん》としていらっしゃるけれど、これで皇帝陛下の話を聞いたら、倒れてしまうのではないかしら……

SIDE　側妃オリヴィア

「ふぇ……っ　ふぇ……っ」

はぁ……、もうっ、さっきから溜め息しか出てこないわよ！

やっと私の中から出ていってくれたと思ったのに、私のお腹の皮が伸びちゃってるじゃないの！

しかも、赤紫の線が入っているなんて、最悪……っ。

「お、オリヴィア様、第三皇子殿下が母乳を欲しがって泣いております……」

「知らないわよ！　そんなの乳母《うば》がいるでしょう!?」

「ですが……、皇子殿下はあまり乳母《うば》の母乳をお飲みにならず……産婆《さんば》もそういった場合は母親の母乳を飲ませるように、と……」

「っ！　冗談じゃないわ!!　そんなことしたら胸の形が崩れるかもしれないじゃない!!　それより、胸が張って痛いのよ！　なんとかしなさいよねっ」

一日に何度も母乳を絞り出さないといけないだなんて……出産後がこんなに大変なんて聞いてないわよ！

「……それならば、皇子殿下に母乳を差し上げれば張りも収まります」

「それは嫌だって言ってるでしょう!!　っもう！　あんたはクビよ!!　出ていきなさいっ」

「ふぇ……っ」

ふぇ、ふぇ、うるっさいわね!!　涙も出てないくせに、泣いてるフリをするなんて、私が産んだ子供だとは思えないわ！

「皇子も別の部屋に連れていってちょうだい！　嘘泣きばっかり。うんざりよ！」

「っ!?　オリヴィア様、これは嘘泣きなどではなく……っ」

「あー!!　もうっ、うるさい!!　早く消えて!!」

大体皇帝も、こんなにしんどい思いをして出産した私を労《ねぎら》いにも来ないなんて……っ。

「誰か！　陛下に、私はもう会えるくらいに回復したと伝えてちょうだい!!」

出産を頑張ったのだから、新しい宝石やドレスを買ってもらいましょう。


だけど、陛下はそれから一度も私に会いに来ることはなかった。

そして私は、まるでいらないもののように、今までいた宮から、皇后宮に最も遠い、側妃宮に追いやられたのだ。あとから聞いた話なのだけど、私が今までいた宮は出産するための宮で、本来側妃は皆、この側妃宮で暮らすのだとか。

冗談じゃないわよ!!　私は公爵令嬢なのよ!?　しかも皇子を産んだのに！　皇后になるのは私なのに……!!

「オリヴィア様、ご存知ありませんの？」

「陛下は、一度子供を産んだ女には二度とお会いにならないし、子供にも、子供が会いたいと望まない限りお会いにならないのよ」

側妃宮で、二人の側妃たちが笑い話でもするように、軽い調子でそんなことを話す。

確か、どちらも皇帝派の伯爵家出身の令嬢だったわね。

「なによ、それ……っ。あんたたちにはそうかもしれないけど、私は特別なのよ⁉　公爵家の令嬢で、陛下は私の宮にしか通ってなかったわっ」

二人に現実を突きつけてあげる。

そうよ。陛下は私の前では鼻の下を伸ばしていたはずよ！　甘えれば言うことを聞いてくれたし、皇后の文句を言えば、皇后からできるだけ離そうと私を守ってくれたわ！

「まぁ、それ、勘違いですわよ。陛下は一度手をつけた相手は、子供が生まれるまで通う責任があると思っているだけですわ」

「そうそう。あの目を見ておわかりになりませんの？　わたくしどものことなど一切愛しておられないではないですか」

なんですって……っ。

「子供ができるまでは、一応お優しいお言葉をかけてくださいますが、目は笑っておられなかったでしょう？」

「でも、安心なさって。子供が生まれたからといって、ぞんざいに扱われることはございませんのよ」

なに……目が笑ってないって……私、陛下の顔なんてほとんど見ていなかったし、そんなのわかるわけないじゃない！　大体、それはあなたたちに対してでしょう。私には違うわ。そうよ。私は特別なんだから！

「そうですわ。子供を陛下に奪われるわけでもなく、わたくしどものために予算を割《さ》いてくださいますし、この暮らしが嫌なら離縁しても構わないわけですし。自由にさせていただけて、いい暮らしですわよね」

「ぶっちゃけ、わたくしたちも陛下を愛しているわけではありませんし、子を産んで一切接触がないのは楽ですわ」

「本当に！　実家よりも自由で、皇后陛下の補佐もやり甲斐があって、わたくし幸せですわ～」

　皇后の、補佐……？

「そうそう！　実家では女は黙って男に従えばいいと言われておりましたが、皇后陛下は望めば男女関係なく仕事をさせてくださいますもの」

　この人たちは、なにを言ってるの？

「今回、喜ばしいことに、イーニアス殿下が火の神からの加護を授かったとか。陛下もこれで、愛のない交わりをせず済むとホッとしているのではなくて」

「そうですわね。わたくし、そのお話を聞いて、側妃も愛妾も全員皇宮から追い出されるのじゃないかと思っておりましたのよ」

　追い出される!?

「どういうこと!?　なんで私が追い出されるのよ!?」

側妃二人は、顔を見合わせると、「そりゃあ……」と続けた。

「陛下が愛していらっしゃるのは、皇后陛下だけではありませんか」

SIDE　悪魔アバドン

バカな妖精どものおかげで、おもしれぇもん見つけたわ。

イザベル・ドーラ・ディバイン。

『運命』が二つある女……。おもしれぇなぁ！　妖精が気に入るわけだよ！　妖精たちも、まさかオレが『見えている』とは思わねぇんだろう。パーティー会場で見かけた時にゃ笑ったぜ。なにしろスパイごっこしてんだもんよぉ。見えねぇフリしたらすぐ近付いてきやがって、チョロすぎ。ま、オレの目的の障害にもなりゃしねぇが、適当に遊んでやるかな。しっかし、新しい身体を手に入れたはいいが、パッとしねぇな。年齢は前のとそう変わらねぇから、使い勝手に大した違いはねぇけど、特異能力もショボいしよぉ。公爵だっつーから期待してたのに、植物の成長を手助けする能力って……農民かっての！

「ダスキール公爵、どうかオリヴィア様をお止めいただけませんでしょうか！　このままでは……っ、オリヴィア様が、おかしくなってしまいます‼」

ダスキールに成り代わり、皇城をブラついていた時だった。突然使用人が声をかけてきて、皇宮のある部屋の前まで連れてこられる。扉の前で切羽《せっぱ》詰《つ》まったような様子で言われ、顔をしかめた。

　オリヴィアって、この身体の娘だよな。はぁ……面倒臭ぇ。あいつ、「お父様を捧げたんだから言うことを聞きなさい！」とかバカなこと喚きやがって。理解力が全くねぇんだよ。「だから、それはお前が産んだ子供の贄《にえ》だろうが。いい加減そのバカな頭に刻めよな」って言ってやったら、「お父様の身体だからって偉そうにしないで！」って騒ぎやがる。前の身体の時に下手《したて》に出ていたから、勘違いしているのだろう。使えそうだと思ってたんだけどなぁ。オレの勘違いか。

「あぁぁぁ……!!　皇后のせいよ……っ。全部皇后が悪いのよ!!　あの女さえいなければ、私が皇后になれるのに!!」

　扉を開けると、花瓶は割れ、カーテンは破られ、机は倒されていた。その惨状に、使用人を振り返る。

「側妃様方とのお茶会から戻られてからずっと……、あの調子なのでございます」

　とうとう壊れたか。

「私は特別なの！　皇帝に愛されているのは私!!　次の皇帝になるのも私の子供よ!!」

「なんてことを……っ。オリヴィア様！　そのようなことをおっしゃってはなりません！　不敬罪で捕まってしまいます……っ。きゃあぁ!!」

　ずっとオリヴィアを部屋に押し留めていたのだろう。青い顔でオリヴィアを止めていたメイドは、オリヴィアに殴られ、床に倒れ込む。

「不敬罪!?　私は皇后よ!!　皇后の私にそんなものは適用されないわ!!」

「お、オリヴィア様……、やめてくださいっ。やめ……っ」

オリヴィアはまだ割れていない花瓶の一つを、床にうずくまっているメイドに投げつけた。そして、ゆっくりとこちらを振り向く。

「ひ……っ」

オレをここへ連れてきた使用人が後退りすると、オリヴィアは悪魔のオレよりもよっぽど悪魔のような顔をして叫んだ。

「皇后も、第二皇子も、殺してやる!!」

「ダスキール公爵！　オリヴィア様を止めてくださいませ！」

震える使用人には悪いが、あまりにも愉快で、つい笑っちまった。

「洗脳もしてねぇのに、いい顔になってんじゃねぇか」

自分の都合や利益しか考えられない人間は世の中にごまんといるが、ここまで醜悪《しゅうあく》でぶっ壊れた人間は、滅多にいねぇんだよなぁ。

「殺す……殺す……殺す……っ」

「いいぜぇ。ゲームは盛り上げねぇとだもんなぁ。で、まずは誰から殺したいんだ？」

「皇后……、あの女を、ズタズタに引き裂いてやる……っ」

第四章　秘密の庭園

『うわぁ！　このプリン美味しい!!』

『アカノ、プリン！』

『アオノ、スフレパンケーキ!!』

妖精たち、それ、皇后様のためのスイーツなのだけど？

「イザベル様、気のせいかしら……、今、ご用意いただいたスイーツがいくつか消えた気がしたのだけど？」

「まぁ、ホホホッ。皇后様ったら、そんなわけ……」

『クレープまだぁ？　ボクの大好きなアイスが入ったクレープ！　あ、このクッキーもーらい！』

『クッキー！』

『フィナンシェ!!』

妖精たち!!　いい加減になさいよ！

「やっぱり！　今、クッキーとフィナンシェが消えたわよ!?」

旦那様を見ると、眉間を押さえながら溜め息を吐いていた。

「実は……、公爵邸の怪奇現象ですの」

仕方ないわ、ディバイン公爵家の七不思議をでっち上げるしかないわね。

「怪奇現象!?」

「恥ずかしい……いえ、そのような恐ろしいことがこの公爵邸で起きているなどと、世間様に知られてしまってはアレなので、黙っておりましたが……」

「ディバイン公爵邸でも怪奇現象が!?」

ん？　今、『でも』って言った？

「実は、皇宮でもあるのよ……。夜な夜な首なしの騎士が廊下を歩いているって噂が……」

「ヒエェェ!?」

自分で言い出しておいてなんだけど、私ダメなのよ!!　怪談とか本当にダメなのよぉ!!

「他にも、皇宮のとある部屋の窓に、血みどろの手形が付いていた、とか！」

「こ、こわっ。怖すぎますわ!!」

「あとはそうね……、側妃宮のサロンにあるピアノが夜に鳴っていた、なんていうのも」

「イヤァァア!!　ダメですのっ、わたくしそういうのダメですのォォ!!」

今日は夜にお手洗いに行けませんわー!!

「ゴホンッ。皇后陛下、それは確か、庶民の間で話題になっている皇宮の七不思議ではございませんか？」

ウォルトがわざとらしく咳をして、話を止めてくれた。

口の端がピクピクと引き攣《つ》っているのは、笑いを堪えているとかではないわよね？

「オホホッ、そのとおりよ‼　巷《ちまた》ではなにが話題になるかわからないものよねぇ」

「ありもしないことが、まことしやかに噂されておりますね」

「そうね！　それにしても、イザベル様は怪談が苦手だったのね」

ニヤニヤと笑っている皇后様に、からかわれていたのだと気付き恥ずかしくなった。

「私の妻はすぐ本気にしてしまうのだ。からかわないでもらいたい。まぁ、そこが可愛らしいところではあるのだが」

「あらあら、テオ様がデレ期だわ！」

だ、旦那様ァァ⁉

「皇后様‼」

「イザベル様も照れちゃって！　可愛いのね」

などとウィンクをする美女に、顔が火《ほ》照《て》ってくる。

旦那様が変なことを言うから、皇后様の悪戯《いたずら》スイッチが入ってしまったじゃない！　……でも、さっきまで今にも倒れそうだった顔色が、元に戻ったみたいで良かったわ。

『ボクらお化けじゃないからね！』

『ヨーセー！』

『カワイー、ヨーセー‼』

はいはい。ごめんなさいね。似たようなものだと思うけど、機嫌を損ねてしまうから言わないでおくわ。

「それで……、悪魔のことだけれど」

「はい。皇后様は教会と黒蝶花《こくちょうか》のことをお調べになったのですよね？」

「ええ」

皇后様は頷くと、まず黒蝶花《こくちょうか》について話し始めた。

「黒蝶花《こくちょうか》は、皇室に伝わる聖なる花なの」

え!?　毒の花じゃなくて!?

「五百年前、当時の皇帝に嫁いだ聖女が、その力で咲かせた花だと伝えられていたわ。当時は黒ではなく、白い花だったらしいのだけど……」

「白……。どうして黒に変わったのでしょうか？」

「ある皇族が、花の咲く土地を魔物の血で汚《けが》したのだと聞いたわ。ほら、魔物の血は黒に近いでしょう。だから花は黒に変わってしまったのだそうよ」

え、魔物の血って黒っぽいのですか？　というか、皇后様、魔物の血を見たことあるんですの!?

「黒に変わった花はすぐに枯れてしまい、そのあと二度と咲かなくなってしまったの。でも、皇宮のあの庭園でのみ、咲いているのよね……」

「確か、皇族しか入れないのですよね？」

「ええ。正確には、皇族の血を継いでいて、かつ、血の濃い者しか入れないわ。昔、結界の特異魔法を持つ皇族が張ったものらしいの」

「え？　じゃあ、皇族の一員として扱われているのに、側妃様たちは入れないのですか？」

「ええ。ディバイン公爵も皇族の血を継いではいるけれど、だいぶ薄まっているから無理ね。入れるのは、祖母が皇族のアタシくらいまでかしら」

そんな結界が張ってあったから、あそこにはイーニアス殿下しか入れなかったんだ……

「黒蝶花《こくちょうか》が全て枯れる前に聖女が浄化した皇宮庭園へ移植することで、その姿を残したようなの。だから、あの庭園以外では育たないみたいよ」

結局、皇族しか手に入れられないのね。

「あなたたちから、黒蝶花《こくちょうか》の根が毒になると聞いたから、悪魔と関係があるのではないかと調べたけど……どうやら無関係だったみたいだわ」

「……そうみたいですね」

どちらかというと、聖なる花の扱いになるようだし、そうそう悪魔と繋がるわけではないわよね。

「少なくとも、花と悪魔が無関係ということは判明したのだ。調査したことは決して無駄ではない」

「テオ様……っ」

「それに、直接関わりはなくとも、悪魔がそれを利用していることは確かだ」

頼もしいわ。旦那様って、皇城で上司にしたい人ナンバー1をとれるんじゃないかしら。

皇宮　イーニアスの宮

「イーニアスはいるか」

「陛下!?　は、はいっ。少々お待ちください！」

突然の皇帝の訪問に、イーニアスの宮の使用人は騒然とし、上を下への大騒ぎとなった。

部屋で勉強中であったイーニアスは騒がしいなとは思ったが、教師の話に集中していた。逆に教師の方が扉をチラチラと見る始末だ。そこへ、ノック音とともに扉が開き、侍女が飛び込んでくる。

「イーニアス殿下！　皇帝陛下がお見えです！」

教師は目を丸くして固まり、イーニアスは「ちちうえ！」と嬉しそうに声を上げた。

侍女の後ろから皇帝が部屋に入ってきたからだ。

「イーニアス、勉強をしていたのだな」

「はい！　ちちうえは、どうなさったのですか？　あそびにきてくれたのですか？」

「うむ。イーニアスの様子を見に来たのだ。勉強もいいが、朕と少し散歩でもしようではないか」

「はい！　ちちうえとおさんぽ、うれしいです！」

「うむ。では行こうか、イーニアス……」

SIDE　皇帝

「ちちうえ、どこにいくのですか？」

朕は、どこに行くのだろう……。そうだ、イーニアスを連れていかねばならんのだ……、連れていく……どこへ？

「ちちうえ？」

わからぬ。頭に靄《もや》がかかっているようだ。

「……あっ、ちちうえ、ちちうえ。おさんぽなら、あそこにいきたいです」

「あそこ？」

「はい！　ひみつの、ていえんです！」

「秘密……」

「こっちです！」

今、朕は手を引かれているのか……？　誰に……？

「あった！　あそこです！」

あそこ……？

「はいりましょう！」

朕はなにをしている……？　ここは、今入っては駄目な場所だ……

「……」

「ちちうえ？」

いや、入らなくてはならない……っ。

「……行くのだ」

「はい！」

駄目だ。ここへ入れば……、入れば……？　どうなるのだ？

「ちちうえと、こちらへきたかったのです！」

「そう、か……」

そうだ。早く、入らなければ……っ、はやく……っ。

「おや、これはこれは、陛下ではございませんか」

アイツだ……っ　早く入るのだ！　動けっ、動け……っ、朕の足よ！　早く動くのだ……っ。違う。イーニアスを、アイツに引き渡さなくては……

「うむ。ダスキール公爵ではないか」

「陛下は、イーニアス第二皇子殿下とお散歩ですか」

「そうだ」

「そうですか。お散歩でしたら、そちらではなく、あちらの庭園の花が、今は見頃ですよ」

違う、違う……！　逃げねばならぬのだ!!　なのに、どうして足が動かぬ……っ　どうして、朕の口は勝手に開く……っ。早く、あそこへ入らねば……っ。朕の、朕の大事なイーニアスが……！

「ダスキールこうしゃく、こうていへいかにたいして、ぶれいではないか」

「は……？」

「なぜ、めしたのものが、さきにこえをかけるのだ。それに、あいさつもなかった」

「な……っ」

「ちちうえ、いきましょう」

「……うむ」

「陛下！　そちらへ行ってはなりません！」

　頭が……っ、頭が痛い……っ。

「頭が……っ」

「っ!?　ちちうえ、ひみつのていえんのなかに、ガゼボがあります。そこで、やすみましょう」

「お待ちください！　第二皇子殿下、私は今、陛下とお話ししているのですよ」

「……ダスキールこうしゃく、きでんはいつから、こうぞくよりも、えらくなったのだ？」

「な、なにを……!?」

「わたしはおうじで、そなたはこうしゃく。みぶんは、わたしがうえだ」

「それは、そうですが……」

「ならば、あいさつもなく、こうぞくのはなしを、さえぎるようなものに、さくじかんはない」

「っ……」

「ちちうえ、こっちです」

小さく温かな手が、朕の手を引いた。

これは……朕の、可愛い……イーニアスの手だ。

「イーニアス……」

「待て……っ、待て……っ。そこへ行くんじゃない!!」

……っ、早く、イーニアスだけでも、逃がさねばならぬ!!

「イーニアスっ、走れ！」

「っ!?　はいっ」

あと少し、あと少しで、庭園の結界に逃げ込める……っ。

「……待てって言ってんだろ？　なぁに、オレから逃げようとしてんだ？」

◆　◆　◆

『大変だ!!　皇子様につけた妖精から、皇帝が皇子様を連れ出したって連絡が来たよ！』

『タイヘンダー！』

『ピンチダー!!』

「なんですって!?」

妖精たちの声に思わず椅子から立ち上がり叫ぶと、隣の皇后様がビクッとして、「アタシ、なにかした!?」と慌て出す。

「旦那様っ」

旦那様を見ると、冷静な様子で頷き、「皇后陛下」と声をかけた。皇后様は、私と旦那様の緊迫した様子に、緊急事態だと瞬時に理解したらしい。

「なにか起きたのね」

強張《こわば》った顔で少し息を整えると、毅然《きぜん》とした態度で私たちに向き合う。

「イーニアス殿下が、皇帝に連れ出されたようだ」

「っ……皇帝は、悪魔に洗脳されているのよね……」

「その可能性が高い」

「今すぐ皇宮へ戻るわ」

皇后様が立ち上がり転移しようとするので、「お待ちください！」と引き止める。

「皇后様が今転移で戻られたら、本日はもう転移が使えなくなってしまいますわ。そんな状況で、どうやってイーニアス殿下を守るというのですか！」

「それでも……っ。あの子を守るのは、アタシしかいないでしょう！」

「だからこそ、なんの考えもなくイーニアス殿下のもとへ飛ぶのは危険ですわっ」

「だったら、どうすればいいの……っ」

焦り出す皇后様に、私は言った。

「わたくしに考えがございますわ！」

「考え……？」

皇后様は訝《いぶか》しみながらも、その考えを聞かせてちょうだい、とまっすぐ私を見つめた。

「はい。まずは、イーニアス殿下が今どのような状況か、知る必要がございますわ」

「そんなのどうやって……っ」

妖精たちを見ると、『任せなよ！』と言ってくれた。そしてすぐにイーニアス殿下がどのような状況にあるのか教えてくれる。

今、イーニアス殿下は皇帝に、散歩に誘われて部屋を出たらしい。

「イーニアス殿下にわたくしの声を届けることは可能かしら？」

『えー、それは無理。イザベルの声じゃなくて、ボクら「妖精の声」なら届けられるかもだけど』

『アカノコエ！』

『アオノコエ!!』

旦那様は私のやることに口を挟まない。どうやら好きにやらせてくれるようだ。

「あの、イザベル様……？」

現状、私一人が喋《しゃべ》っているおかしな状況を皇后様にお見せしているわけで……。案の定、皇后様は不思議なものでも見るような顔で私を見ていた。

『イザベル、どうする？』

『ドースル！』

『ドーシタイ!!』

妖精たちのどうする、という問いに、いいことを思いついた。

「でしたら――」

私はまず、妖精の声を、イーニアス殿下に届けてほしいと伝える。

『先に言っておくけど、イザベルやテオバルドにやったみたいにしても、妖精との親和性が低ければ、声が聞こえないかもしれないよ』

と妖精は言うが、とにかく今は聞こえることに賭けるしかない。

「やってちょうだい」

聞こえなかったら、他の方法を考えるまでのことよ！

「――皇后様、イーニアス殿下は現在、皇帝陛下と散歩に出られたそうです。おそらく、悪魔の指示で連れ出されたのではないかと思いますわ」

皇后様に、妖精からの情報を伝えると、「どうしてそんなことがわかるの!?」と当然驚く。旦那様が言っても構わないと頷くので、正直に伝えることにしたのだけれど……

「妖精が見えるですって!?　しかもテオ様も!?　いえ、そんなことより今はイーニアスを……っ」

皇后様が大混乱していらっしゃるわ。

「皇后様、妖精のことはまたあとで説明いたしますわ。今はイーニアス殿下を守らねばなりません」

「え、ええ。そうね！　それで、イザベル様が考えた作戦を教えてくれる？」

皇后様はすぐに、私の作戦を真剣な顔で聞いてくれた。

『イザベル、イーニアスにボクらの声が届いたよ！』

『キコエター！』

『トドイター‼』

やりましたわ！　さすがイーニアス殿下‼

「イーニアス殿下には、悪魔が絶対に入れない場所へ向かってもらうよう、妖精に伝えてもらいました」

「イーニアスは妖精を見ることができないはずよ⁉　もしかして、イーニアスも聖人になっちゃったの⁉」

「妖精の特別措置だと思ってくださいまし。そんなことよりも、皇后様には、今からその場所に転移していただきますわ」

　少し混乱している皇后様に、できるだけ落ち着いた声で話す。

「……悪魔が絶対入れない場所って、そんな場所が皇宮にあるの？」

「一ヶ所だけありますのよ」

　皇后様は戸惑っていたが、すぐにハッとしたように目を見開き、力強く頷く。

「……黒蝶《こくちょう》花《か》の庭園か」

　旦那様が代わりに答えてくださる。

「おっしゃるとおりですわ。ですが、皇帝陛下は洗脳されておりますし、そう上手く誘導されてくれるかは……」

少し不安の残る作戦だが、これしかないのだ。

『イザベル、大変だっ、どうしてかはわからないけど、皇帝の洗脳が解けかけているよ！』

『トケカケー！』

『スゴイー!!』

なんですって!?

「皇后様、朗報ですわ！　皇帝陛下の洗脳が解けかけているそうですの！」

「っ!?　馬鹿朕の洗脳が……っ」

『イーニアスが上手くやっている。黒蝶花《こくちょうか》の庭園に向かっているよ』

『イーニアス、スゴイ！』

『イーニアス、テンサイ!!』

これは、上手くいくかもしれない！

「アバドンは、今どうしているか確認できますか？」

『あのピンクブロンドの髪の奴になっているんだよね？　そいつなら今……黒蝶花《こくちょうか》の庭園に向かっているよ!!』

『セッキンチュー！』

『キケン!!』

大変だわ……っ。

「皇后様、悪魔がイーニアス殿下に接触しようとしています。もしかしたら、黒蝶花《こくちょうか》の庭園の前で鉢合わせするかもしれません！」

「なんですって!?　ダメよ!!　イーニアスが……っ。イザベル様！　イーニアスに逃げるよう伝えて!!」

どうしよう……、このまま行けば悪魔と鉢合わせする。逃げるとなると……駄目だわ。悪魔から身を守れる場所は、結界が張られた庭園だけだもの。

「皇后陛下、イーニアス殿下に庭園以外の逃げ場はない」

「テオ様……っ」

息子の危機にパニックになっている皇后様を、旦那様が冷静に諭《さと》す。

「旦那様の言うとおりですわ……。このまま、庭園に向かって、鉢合わせする前に庭園へ入るしかありません」

「それだと、イーニアスが悪魔に捕まるかもしれないわ!!」

その可能性が高いことは確かだわ……。けれど——

「だからこそ、皇后様にはあの庭園の中に転移していただきたいのです」

「どういうこと？」

「このままいけば、イーニアス殿下と悪魔は庭園前で鉢合わせるでしょう。その時、転移した皇后様が庭園内からイーニアス殿下が庭園に入るためのアシストをするのです。さすがの悪魔も、予想外のことには対応できないのではないかと思いますの」

「アシストって、アタシになにかできるの？」

「できますわ！　わたくしが今からお教えする、変態撃退魔法を、悪魔にくらわすのです‼」

「く、くらわす……」

あら、ホホホッ。少し言葉が荒れてしまいましたわね。

「イザベル様、アタシ、攻撃魔法など使えないのだけど……」

不安そうに私を見る皇后様、とても可愛らしいわ。まるでお出かけする飼い主を物陰から覗く猫のよう。

「大丈夫ですわ！　この技は、生活魔法の応用ですの」

そう、この技は私が初めてノアに教えた魔法。

「生活魔法で、悪魔にダメージを与えられるの？」

「まさかっ、大したダメージは与えられませんわ」

「ええ⁉」

戸惑う皇后様に、これからなにをしてもらうのか説明する。

「あくまで皇后様は、イーニアス殿下が庭園に入れるようお手伝いするだけですわ。決して悪魔と戦ってはいけません」

「攻撃するんじゃないの⁉」

「違いますわ」

悪魔と戦うなんて、『氷雪の英雄と聖光の宝玉』の主人公であるノアしかできませんわよ。

「では、この魔法のやり方を説明しますわね」

「――本当に、これでイーニアスを助けられる……？」

「ご自分と、イーニアス殿下の聡明さを信じてくださいまし！　そして、悪魔の呪縛から抜け出そうとしている皇帝陛下も、信じてあげてください！」

「イザベル様……っ」

　皇后様は力強く頷くと、意を決したように「行ってくるわ」と言い残し、黒蝶花《こくちょうか》の庭園へ転移したのだ。

「イザベル」

「旦那様、わたくしは皇宮に参ります！」

「バカなことをっ、君を悪魔がいる皇宮へ行かせるわけがないだろう！」

　旦那様に止められるが、いつまでも庭園内に皇帝一家を閉じ込めておくわけにはいかないだろう。殿下を悪魔から逃がすことだけを考えていたけれど、庭園から出てしまえば、結局悪魔はいるのだ。

　どうにかしなければならないわ。

「こちらには妖精たちもいますし。皇后様たちを庭園から移動させる必要がありますわ」

「どこかに移動させるにしろ、君が皇宮に行ったところでなにができるわけでもない。それどころか、悪魔と遭遇して危険な目にあう可能性が高い。そんなことを、私が許すと思うのか」

　旦那様に正論で諭《さと》されてしまったわ。

「ですが……」

「イザベル、君は妖精たちとここにいるんだ。私が様子を見てこよう」

え、旦那様がもし、悪魔と遭遇してしまったら……!?　もし、命を落とすようなことが……っ。

ううん、殺されなかったとしても、洗脳されたり、怪我をしたりするかもしれない……っ。そんなの、嫌だわ……っ。

「ダメですわっ」

「イザベル？」

「旦那様が危険な目にあうかもしれないと、そう考えましたら、わたくし……っ」

〝行ってほしくありません。わたくしのそばにいてください〟

そう言おうとした時だ。

『じゃあさ、皇后と皇帝にも妖精をつけてあげるよ』

『ヨーセー、ユーシュー！』

『ヨーセー、スゴイ!!』

妖精たちが、思わぬ提案をしてくれたのだ。

良かった……。もう少しで、とんでもないことを口走るところだったわ。妖精たちがいてくれて感謝ですわね。

「でも、妖精の姿は見えないし、聞こえないのでしょう？　それ、意味ありますの？」

『もちろん意味はあるさ！　妖精は聖なるものだから、そばにいれば洗脳されにくいと思うよ。それに、ボクらは皆繋がっているから、なにかあれば今回みたいにすぐ情報共有ができる』

『アクマニ、マケナイ！』

『ヨーセー、ツヨイ!!』

それは確かに頼もしいですが、庭園の外に悪魔がいることは変わりありませんし、それだけでは不安だわ……

「庭園の結界のようなものを、皇帝陛下たちに張れないか？」

『ん～……ボクならできるけど、小妖精たちが常に結界を張り続けることは難しいよ』

『ツヅケルノハ、ムリ！』

『タイリョク、モタナイ!!』

「いや、常にでなくてもいい。悪魔と遭遇した時にだけでも、結界を張れないか」

『一時的なら、できるかも！』

『アカ、ヤレル！』

『アオ、ヤレル!!』

え、できるの!?　妖精って自由でふざけた存在かと思っていたけれど、意外とすごいのね。

「でも、大丈夫ですの……？」

『なにが？』

『ドウシタ？』

『ナンダ？』

「その……、妖精は人間を手伝ってはダメとか、人間のゴタゴタに関わってはダメとか、あるのではないですか？」

　妖精たちは手伝う気満々だけど、そういうルールがあるかもしれない。きちんと聞いておかないといけませんわよね。

『ん～？　そんなルールないよ？　ボクらは自由なんだ。手伝いたいと思えば手伝うし、手伝いたくないなら嫌だと言うさ。尊重されるのは、ボクらの意志なんだよ』

『イシ、ソンチョー！』

『テツダウー!!』

「まぁ……っ、ありがとう存じますわ。協力していただき、感謝いたします」

『うん！　スイーツ食べ放題、よろしくね!!』

『タベホーダイ！』

『シヌホドタベル!!』

「抜け目がないですわね」

　妖精たちの言葉につい笑ってしまいましたわ。

「パティシエには頑張ってもらわねばならないな」

　そばに来た旦那様が、優しく微笑むので見惚《みと》れてしまう。

　……旦那様はいつから、このように微笑んでくださるようになったのかしら……。皇后様が素敵だとおっしゃる理由が、わかったかもしれませんわ。

「妖精が協力してくれるなら、君も心配ないだろう」

「え？」

「私が妖精を連れて皇宮に行ってくるから、君はノアのそばにいてやってくれ」

「旦那様……っ」

『イザベル、大丈夫さ！　テオバルドはボクが守るからね！』

『マモル！』

『ツヨイ!!』

心配だわ……。だけど、誰かが皇宮に行くしかないものね……。妖精が旦那様の攻撃魔法を補助すれば、魔王にもなれる強さを持っているのだもの。私が行くよりよっぽど安全よ。

「……わかりましたわ。旦那様をお願いいたします」

『オッケー！　あ、念のため、アカとアオは置いていくから、心配なら二人を通して状況を確認して』

『イザベル、マモル！』

『ノア、マモル!!』

「ご配慮いただき、ありがとう存じますわ」

では行ってくる、と私の頬を撫《な》でて背を向ける旦那様。

「ウォルト、イザベルを頼んだぞ」

「承知いたしました」

扉が閉まる直前、ウォルトにそう言って、旦那様は颯爽《さっそう》と出かけていった。

SIDE　皇帝

あと少し、あと少しで……っ。

「はい、ざんねーん」

あとほんのちょっとで庭園に入れるというのに、朕たちの前にあの男が立ちはだかる。

なんとかしないと……、イーニアスは、イーニアスだけは……っ。

「もしかして、オレから逃げきれると思ったのか？」

ニタリと笑う男に、イーニアスが怖がっているのではないかと思い、朕の後ろに隠す。

「つーかお前、なんで洗脳が解けてんだよ。重ねがけしてんのによぉ」

男の後ろにある庭園の入口まで、あと数歩なのだ。イーニアスだけでも……っ。

「ちちうえ……」

「イーニアス、朕が食い止めているうちに、庭園の中に駆け込むのだ……っ」

「ちちうえも、いっしょがいいです」

イーニアス……っ。どうして、朕の身体は上手く動かぬのだ……！

「皇帝よぉ、お前の可愛い皇子サマを、こっちに引き渡せよ」

「っ……嫌、だ……」

「あ？　嫌だじゃねぇんだよ。まだ、完全には解けてねぇだろ。その洗脳」

なんせ、何十年もずーっと、かけ続けてるからなぁ。

男はそう言って、イーニアスへ手を伸ばす。

そうだ……、朕は、この男に……っ。

「……すまぬ、イーニアス。朕はここで、奴の手がお前に届かぬよう盾になるのが精一杯なのだ……っ。いいか、朕があやつに飛びかかるから、その間に庭園へ駆け込むのだぞっ」

「ちちうえ……、だめです。ちちうえも、いっしょにはしってください」

「イーニアス、朕の言うことを聞いてくれ」

「いやです。ちちうえ、だいじょうぶです。わたしといっしょに、めをとじてはしってください」

男が恐ろしいだろうに、イーニアスの瞳は輝きを失っておらぬ。そのうえ、なんと目を閉じて駆けろと言う。

「ちちうえ、おねがいします。わたしを、しんじてください」

「……うむ。朕は、イーニアスを信じるのだ」

愛しい息子を抱き上げ、イーニアスが言うように、目を閉じる。

「は？　お前、なにしてやがる」

「イーニアス!!」

その時、朕が焦《こ》がれ続けた女性の声が耳に届いた。

「おいおい、なんで皇后がその庭園の中にいるん……」

「ライト!!」

なんだ？　瞼《まぶた》に光が射《さ》す感じがする。なにか光ったのか？　目を閉じているから細かいことがわからぬ。

「ぐっ!?　クソッ、目が……っ」

一体、なにが起きている？

「こっちへ……!!　早くっ」

「ちちうえ、はしって!!」

「目がいてぇ……っ。クソッ、どこだ!?」

イーニアスに言われて、レーテの声が聞こえた方へ、咄嗟《とっさ》に足を動かす。さっきまで上手く動かせなかった身体が、何故かスムーズに動いた。転げそうになりながらも、イーニアスを守らなければとただただ必死で、足を動かす。目を閉じているのに、なにかに支えられているかのように、不思議と落ち着いて走れている。

「っ……ネロ!!」

レーテが、朕を呼んでいる……っ。

「レーテ!!」

足がもつれる。そのまま愛しい人の声の方へ飛び込むように倒れると、柔らかななにかに包まれた。その感覚に酷く安心感を覚える。恐る恐る目を開くと、レーテの手が朕の背中に回っているではないか。抱き止めてくれたのだ。

いや、朕がイーニアスごと、レーテを抱きしめているのか……

「二人とも、無事!?」

「ははうえ、わたしもちちうえも、ぶじです」

ここは、庭園の中……。朕は、イーニアスを守れたのか……っ。

「レーテ、レーテ……っ」

離れようとするレーテを、ひしと抱きしめる。

「ネロ、あんた……洗脳が解けたの……？」

ああ……、夢のようだ。レーテが朕の名前を呼んでくれた……っ。

「レーテ……っ」

「ちちうえ、くるしぃです……」

朕とレーテの間で潰れているイーニアスが、腕を一生懸命伸ばして隙間を作ろうとしている。

「うぬ……、すまぬ。イーニアスよ、無事で良かった。しかし、レーテがここにいるとよくわかったものだ」

「はい！　ようせいが、おしえてくれました！」

そうか。妖精が……ん？　今、『妖精』と言ったか？

SIDE　ダスキール公爵（悪魔アバドン）

「あーあ、逃げられたよ……」

まぁいいさ。いつまでも庭園内にいられるわけじゃねぇからな。にしても、皇后はオレの正体を知っているようだった。どうしてバレた……？　まさか、イザベル・ドーラ・ディバインか。あの女は妖精を使ってオレの正体を探っていた。皇后はどういうわけかあの女と親しいようだったし、それでバレたってことか。それにしても……

「もう皇帝はいらねぇわ。洗脳も解けちまったし、おもちゃなら新しいのがいるしな」

ま、新しいおもちゃは口だけ達者で、うるせぇけどよぉ。

「でもなぁ、どうすっかなぁ……。皇后はどうでもいいけど、皇子サマは必要なんだよなぁ」

折角千五百年も待ったんだから、今騒がれるわけにゃいかねぇ。あーあ、しばらく姿を消すしかねぇかな。

「早く大きくなれよ。オレのカワイー皇子サマ」

「……旦那様、大丈夫かしら」

『シンパイナイ！』

『アクマキエタ!!』

心配だわ……って、エェ!?　今、悪魔が消えたって言わなかった？

『テイエンソバ、イナイ！』

『コウキューノナカ、イナイ!!』

「なんで!?」

「おかぁさま？　どおしたの？」

「あ、いえ、なんでもありませんわ。それよりもノア、新しいおもちゃは楽しいかしら？」

「はい！」

先程リビングにやってきて、今は私の目の前で、塔のように組んだブロックを一つずつ抜いて最上段に積み上げていくバランスゲームでカミラと遊んでいる。

ノアは満面の笑みで余裕が垣間見える。一方のカミラは震える手で絶妙なバランスを保ったブロックの一つを抜こうとしていた。大人げないほど、カミラの本気が窺《うかが》える。

『ヨーセーツヨイカラ、アキラメタ！』

『ヨーセーサイキョウ。アクマニゲタ!!』

本当に逃げたの？　皇帝を洗脳するほどの悪魔が？

「いやぁ～！　崩れましたぁ!!」

「うふふっ、カミラ、まけなのよ」

「はい〜、ノア様に負けました」

ガックリと肩を落とすカミラ。四歳のノアが勝ったの⁉　と、思わず目をこすったが、本当にノアが勝利したようだった。

「あ〜……、あそこさえ取らなければ、全部崩れることはなかったのにぃ！　カミラ、一生の不覚です！」

あらあら、本気で悔しがってますわ。フフッ、見事に全部崩れて……、全部、崩れ……？　どこかで聞いたような……崩す……違うわ。全部……、滅ぼす。そう言ったのよ——

【オレは皇太子と契約した悪魔、『アバドン』。全てを滅ぼす者だ——】

【——アハハハ……ッ、アバドン、はやく……っ、はやく全てを滅ぼしてちょうだい！　こんな世界、いらないわ……っ、いらないのよ……！　全て消えてしまえ——】

『氷雪の英雄と聖光の宝玉』で描かれていた、アバドンと、イザベルのセリフ……。ということは、悪魔の目的は世界を滅ぼすこと……？　それなら、今皇城から逃げる意味がわからないわ……

『イザベル、テオバルドカラ、レンラク！』

『コレカラ、コウテイイッカ、ツレテカエル。ヨロシク‼』

「ええ⁉」

「ギャッ！　あ……ああっ、また崩れました……」

私の声にびっくりしたのか、カミラが潰れたカエルのような声を上げ、塔を崩した。

「カミラ、とるまえから、おてて、ぷるぷるちてるのよ」

「ノア様～、カミラはこう、崩さず取るぞ！　と思うと手が震えてしまうのです！」

ほのぼのしているノアとカミラを横目に、変な汗が噴き出してくる。

「ウォルト、これから皇帝陛下と皇后様、イーニアス殿下が我が家を来訪されますわ。客間にお茶の用意と、客室の準備、それとお食事についてシェフと打ち合わせしてきてちょうだい」

「は……？」

妖精が見えるという旦那様のお言葉を盲目的に信じたウォルトでも、これにはさすがにフリーズしている。

それはそうよね。突然国のトップが、それもご家族でお越しになるなんて、私もびっくりするわ。

「旦那様から、これから連れてこられると連絡が入りましたの。急いでお願いしますわね」

「は、はい。承知いたしました」

ウォルトはすぐに気を取り直し、部屋から慌てて出ていった。

あとは、服を着替えないといけませんわね。

「ノア、これからイーニアス殿下と、皇帝陛下と皇后陛下がお越しになりますわ」

「アスでんか！　おこし、なる？」

「た、た、大変です!!　ノア様のお着替えをしなければなりませんね！」

嬉しそうにするノアとは対照的に、カミラは真っ青になって立ち上がる。

「カミラ、ノアの着替えをお願いね。ノア、イーニアス殿下にお会いするために、おしゃれしましょうね」

「はい！」

いいお返事だわ。ノアは本当にイーニアス殿下が大好きだから。少し妬《や》けてしまうわね。


連絡があってから一時間ほどで旦那様の乗った馬車が帰ってきた。皇帝一家が乗った馬車を探すが、他の馬車はどこにも見当たらない。

まさか、同じ馬車に乗って帰ってきたの……!?

「お帰りなさいませ。旦那様」

玄関から入ってきた旦那様に声をかける。

「ここがディバイン公爵邸か」

旦那様の後ろから悪辣《あくらつ》と名高いあの皇帝陛下が、ひょっこりと顔を覗かせた。

いるとはわかっていたけれど、怒鳴ったり、人をバカにしたり、見下すようなところしか見たことがないから、ドキリとするわ。

「帝国の太陽にご挨拶申し上げます」

「うむ。ディバイン公爵夫人、突然すまぬ。本日は世話になる」

え!?　あの皇帝が、頭を下げた!?

「イザベル様、ごめんなさいね！　突然で驚いたでしょう。公式の訪問ではないから、挨拶なんて適当でいいわよ」

「皇后様。ご無事でなによりですわ」

皇帝をぐいっと押しのけて、カラカラ笑う皇后様。「れ、レーテ……」と戸惑う皇帝の足元には、いつもよりご機嫌なイーニアス殿下の姿がある。

「アスでんか！」

「ノア！」

満面の笑みでイーニアス殿下を迎えるノアと、嬉しそうな殿下。子供たちのやり取りにほっこりさせられる。

「イーニアス殿下もご無事でなによりですわ。ようこそおいでくださいました」

「うむ。ディバインこうしゃくふじん、せわをかけて、もうしわけない」

相変わらずしっかりした子だわ。

「朕のイーニアスはきちんと挨拶ができるのだな。偉いのだぞ」

ニコニコしてイーニアス殿下の頭を撫《な》でる皇帝のあまりの変わりように、ギョッとしてしまう。

「ちちうえ、あいさつは、とてもたいせつだと、ならいました」

「うむ。イーニアスは賢いのだな」

皇帝陛下、息子にデレデレだわ!!

「イザベル、陛下たちを客間へ」

「はい。旦那様……、ご無事でなによりですわ」

「ああ。客間で詳しく話そう」

旦那様はナチュラルに私の腰を抱き寄せる。

「ノア、イーニアス殿下と遊べるようなおもちゃを客間に持ってくるといい」

「はい！　おとぅさま」

皇帝一家を客間に案内し、準備しておいたお茶をウォルトが淹《い》れる。この場にいる使用人は、私の専属侍女ミランダと、ノア付きのカミラ、そして執事長のウォルトのみだ。皇帝一家は一人も使用人を連れてきていないし、ウチの護衛は扉の外で待機している。

「ノア！　わたしは、ようせいのこえが、きこえるのだぞ！」

「よおせぇ……？　アスでんかすごい！　わたちのおうちも、ときどきでるって、カミラがいってたのよ！　おもちゃが、ないないするとき、あるのよ」

「そうなのか!?　じゃあ、ノアもこえをきこえるように、してもらうといい！」

「きこえるよおに、なる？」

「うむ！　いっしょに、おねがいしてみよう！」

「はい！」

「ようせいは、おかしがだいすきなのだ！」

「っ!?　よおせぇさん、わたちが、おいちぃおかし、あげるので、おこえ、きかしぇて？　おねがい」

あらあら、可愛らしいお願いだわ。私が妖精なら声だけでなく姿も見せるわね！

『いいよ！　ノアは可愛いし、魂《たましい》も綺麗だし、卵たちにも好かれているからね！　まぁ、フローレンスが一番可愛いけどさ』

『フロイチバン！　デモ、イーニアスカワイイ！』

『フロイチバン!!　デモ、ノアカワイイ!!』

え？　ちょっと妖精たち!?

「わぁ！　アスでんか！　わたちもきこえりゅ!!」

「ようせいが、おねがいをきいてくれたのだな！」

『これでお菓子くれる？』

『イーニアスノスイーツ、ヨコセ！』

『ノアノスイーツ、ヨコセ!!』

あなたたち、子供にたからないでちょうだい。

「ディバイン公爵、公爵夫人、朕は……洗脳されていたとはいえ、二人に大変なことをしてしまった……すまぬ。謝って済む問題ではないとわかってはいるが、頭を下げさせてくれ」

こちらはこちらで、とても真剣な様子ですわ。子供たちとのギャップがすごい。

「陛下、洗脳されていた間のことは覚えておいでか」

旦那様が質問する。陛下は申し訳なさそうに眉尻を下げた。

「実は……靄《もや》がかかったように朧《おぼろ》気《げ》なのだ。レーテと初めて出会った時やプロポーズした時、レーテとの初夜、そしてイーニアスが生まれた時ははっきり覚えておるのだが……」

「ちょ……っ」

　あら、皇后様が顔を真っ赤にして、口をぱくぱくさせていますわ。

「では、いつから洗脳されていたかはわかりますか？」

「靄《もや》がかかったようになったのは、今思えば十八の頃だったやもしれぬ。しかし、洗脳されていたかはよくわからぬが、朕が子供の頃から『あやつ』はそばにいたと思う……」

第五章　皇帝の激変

「……陛下、『と思う』というのはどういうことか」

「うぬ……、それが、あやつの顔をよく思い出せぬし、いつからいたのかもわからぬのだ。ただ、朕が幼い頃にはもう、いた気がする……」

あやつも、何十年も洗脳していたと言っていたし……と皇帝は俯《うつむ》く。

「……朕は、幼い頃は使用人に満足に世話をしてもらっていなかったのでな、着替えも、掃除も、料理も、生きていくのに必要なことは全て、あやつに教えてもらっていたのだ」

え!?　皇帝の地位にいる人が、幼い頃は家事を全部自分でやっていましたの!?　しかも、悪魔に教えてもらっていた!?

「兄たちが亡くなってから変わったが……、今思えば、兄たちを敵対させたのは、あやつだったのやもしれぬ……」

そういえば、皇帝陛下にはお兄さんが二人いたのよね……病気で亡くなったって、お父様から聞いたことがあるけれど、敵対？

どういうことかと旦那様を見ると、難しい顔をして皇帝陛下の話を聞いていた。

「あの悪魔は、千五百年前から皇城に巣食っているという話だ。先帝の皇子方の件に、悪魔が関わっている可能性はあるだろう」

「……あやつは、やはり『悪魔』なのか……？」

「妖精が、そう言っていたので、間違いないだろう」

「そうか……」

悪魔だけど、皇帝陛下にとっては幼い頃からそばにいて、しかもずっと面倒を見てくれていたわけだから、複雑よね……でも悪魔は、そうやって自分に傾倒させて、より深く洗脳していたのかもしれない。

「妖精、陛下の洗脳は完全に解けているか？」

旦那様が尋ねると、ノアとイーニアス殿下に絡んでいた妖精たちがこちらにやってくる。

『ん～？　うん。解けているよ。悪魔の力は残ってない』

『ジュバクナイ！』

『ノロワレテナイ!!』

「陛下、体調に変化はありませんか」

「うむ。熟睡してから起きたような、すっきりした気分だ」

お元気そうでなによりですわ。

「そうだ、ディバイン公爵にこれを渡さねばならぬと、レーテから聞いて持ってきたのだ」

皇帝陛下が皇后様と顔を合わせて頷き合う。そして、服の中からごそごそと取り出したのは、三十センチほどの箱……？

よくそんなものを服の中に入れていましたわね。

「朕は、とんでもないことをしてしまった……。まさか、黒蝶花《こくちょうか》の毒を盛るなどと……、洗脳されていたとはいえ、ディバイン公爵の機転がなければ大変なことになるところであった。本当に申し訳ない」

皇帝陛下がそう言って箱から出したのは、二輪の黒蝶花《こくちょうか》だった。

こうして私たちは聖女の成長を待つことなく、解毒剤を手に入れることができたのだ。

◇◇◇

「美味い！　なんだこの菓子は⁉　レーテ、パンケーキに挟まれたこの黒いジャム、絶品なのだ！」

「はいはい。ネロってば昔から甘いもの好きよね……あら、本当に美味しいわ」

「そうだろう！　ディバイン公爵、この黒いジャムはなんなのだ⁉」

皇帝陛下からもらった黒蝶花《こくちょうか》をすぐ医師に渡した旦那様は、そのあとも皇帝から聞き取りを続け、少しでも悪魔の情報を得ようとした。だが結局、洗脳されていた間の記憶が曖昧《あいまい》なことと、悪魔の顔も朧気《おぼろげ》だということで収穫はあまりなかった。

今は少し休憩しようと、最近発見した小豆《あずき》もどきで作ったあんこを使用したスイーツを出したところだ。おおむね好評のようだが、特に皇帝陛下の食いつきがいいことに驚いた。

「イザベル、陛下に説明を」

「はい。皇帝陛下が今召し上がられたのは、『どらやき』というお菓子ですわ。パンケーキに、『夜《よ》豆《まめ》』という豆から作った、『あんこ』と生クリームをサンドしたものですの」

『夜《よ》豆《まめ》』というのは、小豆《あずき》色をしたこぶし大の豆で、夜空に近い色をしているということでそう呼ばれている。味は小豆《あずき》そのまま。ノアにあんこを食べさせてあげたいと思って色んな豆を取り寄せ試作した結果、ついに夜《よ》豆《まめ》を発見したのだ。だが、未だにお米やもち米が見つからないので、今回はパンケーキにあんこをサンドし、どらやきもどきを作ったというわけだ。

「豆からできたジャムか。斬新なのだ！　イーニアス、遊びはあとにして朕のお膝の上に来るといい。一緒にどらやきという珍しいお菓子を食べよう」

あの悪辣《あくらつ》皇帝が、子《こ》煩悩《ぼんのう》皇帝に……っ。すごくいいお父さんだわ！

バランスゲームに熱中していたイーニアス殿下は、「はい！」と嬉しそうにやってきて、皇帝に両手を伸ばす。抱っこのポーズだ。黒蝶《こくちょう》花《か》を取りに行ってくれた時には、おずおずと伸ばしていた両手も、今や当たり前のように伸ばされ、抱き上げられている。その様子に少し感動してしまった。

イーニアス殿下、良かったですわね。

「ノアもお母様のお膝の上に来なさい。一緒に食べましょう」

「はい！」

イーニアス殿下を羨《うらや》ましそうに見ていたノアにも、もちろん声をかける。すぐにやってきて、イーニアス殿下と同じように両手を伸ばしてきたので抱き上げ膝に乗せると、にっこり笑うので頬が緩んでしまった。

　ウチの息子、可愛すぎる！

『あんこのお菓子だ！』

『アンパン！』

『ドラヤキ‼』

　妖精たちは、私がキッチンで試行錯誤している時にやってきて、試食を手伝ってくれたのよね。たい焼きも作りたいけれど、金型を作らないといけないから時間がかかるし、魚の形のお菓子は敬遠されるかもしれないから、なにか他のものを考えるべきかしら……

「おかぁさま、おいちぃ！」

「フフッ、良かったわ！」

　皇后様を見ると、優しい眼差しを皇帝陛下とイーニアス殿下に向けていた。皇帝陛下もイーニアス殿下と皇后様が愛しくてたまらないということを隠しもしない。なんだかこちらが照れてしまいますわ。

「皇帝陛下の洗脳が解かれて、本当に良かったですわね」

「そうだな……。帝国はやっと、いい方へ生まれ変われるかもしれん」

　あんこを使用したお菓子を堪能したあとのことだ。

「朕は負けぬ……っ。イーニアスのため、レーテのため、朕は負けられぬ！　……ッハァ‼」

ガチャガチャガシャーンと音を立てて崩れるバランスゲーム。皇后様が皇帝陛下に呆れた目を向けている。

「ちちうえ、おしかった、です……？」

抜いたブロックを掴んだまま、ぷるぷると震える父親に、イーニアス殿下が優しく声をかける。殿下が一番大人だ。疑問形だけど。

そう、何故か皇帝陛下は、スイーツを堪能したあとに、旦那様とバランスゲーム対決をしていたのだ。

「おとぅさまのかち、なのよ」

「ぐはぁ！」

ノアの声に崩れ落ちた皇帝陛下に、ウォルトが「もうひと勝負されますか？」と苦笑いで声をかけている。ちょっと不憫《ふびん》ではあるが、楽しんでおられるようでなによりだ。

「――皇帝陛下の洗脳が解けたのなら、粛清《しゅくせい》の前倒しを検討してもいいかもしれん」

しばらく皇帝陛下と遊んであげていた旦那様は、突然そう皇后様に切り出した。

「ええ。ネロのあの酷い態度が悪魔に洗脳されたせいだとわかった今、炙《あぶ》り出された愚者どもを一網打尽にする絶好のチャンスかもしれないわ。だけど、愚者だと思っていた者がネロと同じように悪魔に洗脳されていたとしたら……粛清《しゅくせい》は、正しいのかしら……」

「その可能性は否定できない。なので、次の会議で洗脳されているかどうかを、妖精に見極めてもらおうと考えている」

「次の会議って……、四半期の報告会議に？」

「そうだ。各領地の代表者が集まる場だ。そこに妖精を投入し、悪魔の支配下にあるかを確認する」

あわわわっ、旦那様と皇后様が不穏な話し合いをしているわ！

話の中心人物である皇帝陛下はというと……

「ちちうえ！　わたしは、ブロックでおしろをつくれるのです！」

「わたち、おしろのもん、ちゅくれる！」

「そうか、そうか！　では二人とも、朕に作って見せておくれ」

「「はい！」」

「朕はこのブロックで門番を作ろうぞ！」

子供たちとトイブロックで遊んでいるのだけど、皇后様たちの方にまざらなくて大丈夫ですの？

『ボクらはブロックでスイーツ作るよ！』

『ドラヤキックル！』

『アンパンツクル!!』

妖精たちまで……、ブロック足りるかしら？

このあと、ブロックが足りないと言い出した妖精と、イーニアス殿下のお城を完成させるためにスイーツに使ったブロックを寄越せと言う皇帝とで争いが勃発《ぼっぱつ》し、怒った皇后様に皇帝陛下が怒られる事態になった。

あげく——

「先程から気になっていて、言おうか言うまいか迷ったのだが……、ずっと不気味な声が聞こえているのだ。朕は怖い……っ」

と、皇帝陛下が言い出した時には、なんだかどっと疲れてしまったわ。皇帝陛下はご自身が妖精の声を聞こえるようになったことに、今の今まで気付いていなかったのよ。妖精と言い争っていたというのに。今頃ですの!?　とつい突っ込んでしまいましたわよ。

「ネロが迷惑かけてごめんなさいね。明日、アタシの魔力が戻ったら帰るから、それまでヨロシクね！」

そう皇后様に言われ、やっぱり泊まるのね……とウォルトと顔を見合わせてしまった。すると、何故か旦那様がウォルトと私の間に入ってきて、それを見た皇后様がキャーキャー騒ぎ出して……なにが起きているのか理解できないまま、夜を迎えたのだった。

「……イザベル、レール馬車の件だが」

「はい？」

晩餐《ばんさん》後、寝室に連れ込まれたかと思うと、真剣なお顔で旦那様が話し出した。

「馬鹿どもの粛清《しゅくせい》後、国の事業として提案するつもりでいる」

公園をほのぼの周回予定だったレール馬車が、国家事業に!?　旦那様、本気ですの!?

「まずは我が領地で実験的に走らせてからの話にはなるがな」

「まだ公園すらできておりませんのに、国家事業だなどと……、わたくしの案をそこまで信用しても大丈夫なのですか？」

「イザベル、前も言ったと思うが、君は自身のことを軽んじすぎている」

「え？」

「君が考案したものは、どれも民の生活を一変させるものだ。この先、それらにより、この国は発展していくだろう。そして、発案者の君は何者にも代えがたい宝となる」

「宝だなんてそんな大袈裟《おおげさ》な……」

「大袈裟《おおげさ》ではない。レール馬車が完成し走り出せば、様々なことに転用できると誰もが気付くだろう。特に、物流革命が起こることは間違いない」

物流革命……

「たとえば、一部の地方では食糧難になる村が絶えない。都市部では十分な食糧を作っているにもかかわらずだ。何故だと思う」

「……都市部で作った食糧が、村に届く前に腐ってしまうのですか？　もしくは届く前に盗賊などに奪われてしまう……？」

「そのどちらもだ。それだけでなく、道が開拓されておらず、辿り着くこと自体が困難な場合もある。魔物が出る危険な場所も……。しかし、国家事業としてレールを整備し、馬車を走らせることができれば……」

「食糧難の解消だけでなく、薬などを届けることもでき、村が孤立化することもなくなる……」

「そうだ。君は、大勢の命を救う立役者となる」

立役者……!?

旦那様の壮大な話に、自分はとんでもないことをしているのではないか、と震えた翌日。

「それじゃあ、アタシたちは帰るわね。お世話してくれてありがとう！」

朝食後、リビングでノアとイーニアス殿下、そして皇帝陛下がお絵描きしていた時だ。魔力が戻った皇后様が立ち上がり、イーニアス殿下と皇帝を自分のもとへ呼ぶと、そう言って爽やかに笑った。

「帰るって、大丈夫ですの？　悪魔は姿をくらましましたが、まだピンピンしておりますし、きっとイーニアス殿下を狙っておりますわ」

「そうね。でも、アタシたちは皇族なの。いつまでも皇宮の外にいるわけにはいかないわ。お仕事がたくさん待っているのよ」

「レーテ、あの格好いい馬車で帰るのだろう。朕はあの馬車が欲しいのだ！」

「わたしも、へんけいばしゃが、ほしいです！」

「なに!?　変形馬車とはなんなのだ!?」

「ちちうえ、あのかっこいいばしゃは、へんけいするのです。もっとかっこよくなるのです！」

「な、なんだと!?　ディバイン公爵！　変形を見たい！　あの馬車で帰るなら、その時に変形を見せてもらえまいか!?」

いや、皇帝陛下、残念ながら、皇后様は馬車で帰る気はないですよ。

「はいはい。馬車はアタシの分をすでに注文してあるから、変形はそれが納品された時に見せてあげるわ」

「レーテの馬車!?　朕のは？」

「あんたのは……。イザベル様、この人の馬車もお願いできるかしら」

「かしこまりましたわ。デザインなどのご要望があれば、またお聞かせください」

ご注文いただきましたが、皇帝陛下の馬車……最優先で作らなくてはなりませんわよね。

「レーテ？　何故ディバイン公爵夫人に馬車の注文を……いや、それより帰るのならば移動せねば」

そういえば、皇帝陛下は皇后様の特異魔法をご存知ないのよね。誰にも言っていないと前に言っていたし。洗脳が解けたから、知られても大丈夫だと判断したのかしら？

「ここでいいのよ。さ、イーニアス。手を繋ぎましょう」

「はい！」

「ぬ？　レーテ、ここでいいとはどういう……」

「ネロも手を繋ぐの」

「手を？　うむ。レーテと手を繋げるのは嬉しいな！」

まぁ、皇帝陛下ってば、皇后様と手を繋いで上機嫌ですわ。本当に皇后様がお好きなのね。昨日から、ずっとイチャイチャしているものね。

「ではテオ様、イザベル様、お世話になったわね！　また皇宮で会いましょう！」

「レーテ？」

「みな、せわになったのだ。ノア、またこうきゅうに、あそびにきてくれ！」

「イーニアス？　よくわからんが、ディバイン公爵、公爵夫人、世話になったのだ。ノアも、皇宮にいつでも遊びに来るといい」

イーニアス殿下と皇帝陛下のお言葉に、ノアは嬉しそうに「はい！」とお返事をして手を振っている。

「妖精が皆様それぞれについているとはいえ、くれぐれもお気をつけください」

「ええ。ありがとう！」

こうして、皇帝一家は転移で帰っていった。

悪魔の消えた皇宮でまた一波乱あるなんて、この時は考えもしなかったけれど……、今はとりあえず、無事皇帝一家のおもてなしを乗り切ったことを、皆と喜ぶことにしましょう。

ＳＩＤＥ　側妃オリヴィア

お父様の身体ごと、アイツが消えた。

実家では騒ぎになっていないから、アイツがお母様たちの記憶を改竄《かいざん》したのだろうけど、協力してやると言っておきながら消えるなんて、どういうつもりなのよ！　まずは第二皇子を捕まえて、皇后をおびき出す予定だったのに！

「……このままこの宮に閉じ込められて終わりにはさせないわっ。私は、国母《こくも》なんだから……っ」

でも一人でどうすれば……そうだわ！

「皇帝が、もう一度私に振り向けばいいのよ……」

そうすれば、ここから出してもらえるし、私の皇子を皇太子にしてもらえるわ。そのあと皇后と第二皇子を消してしまえば……

「フフ……ッ。私を好きにならない男なんていないんだから」

◆　◆　◆

あれから、旦那様がダスキール公爵について調査をしたが、当主が行方不明になっているにもかかわらず、公爵邸では全く騒ぎになっていなかった。

それは、悪魔が皇宮から姿を消したあと、ダスキール公爵邸へ立ち寄り、邸《やしき》の人間の記憶を改竄《かいざん》したということに他ならない。

「アバドンは、ダスキール公爵家のタウンハウスへ寄ったあと、どこに消えたのかしら……。マンガで描写されていた隣国との戦争も気になるし……」

今思えば、隣国との戦争もアバドンが関わっていたんじゃないかしら。

『ねぇねぇ、イザベル。なんで皇帝は、自分の子供じゃない子を、二人も皇子宮に住まわせているの？』

『コウゾクジャナイ！』

『コウゾクノチ、ツイデナイ‼』

サロンで庭を眺めながらマンガのことを考えていたら、その辺で遊んでいた妖精たちが急にやってきて、とんでもないことを言い出した。

「え？」

ど、どういうこと……？

『イーニアスはちゃんと皇帝の子供だけど、他の「皇子」って言われている子供は、皇帝の子供じゃないよ。皇族の血すら継いでない』

『ツイデナイ！』

『タニン‼』

なんですって⁉

「どうしてそんなことがわかるの⁉」

『だって、皇帝の子供のうち、皇子は正妃からしか生まれないじゃないか。焔《ほむら》の神様は一途で情熱的な神様だよ。だから、正妃からしか皇子は生まれないし、焔《ほむら》の神の加護も皇帝と正妃の子供にしか授けられないのさ！』

『セイヒダケ！』

『ウワキ、ユルサナイ!!』

「ええ!?」

皇子って……愛妾のデルタ様の子供である第一皇子と……、最近生まれた、オリヴィア側妃の子供ってこと!?　いやいやいや、でも待って。それなら、火の攻撃魔法が使えない皇帝は、前皇帝と正妃の子供じゃないってことにならない!?　……ん？　皇帝は庭園の結界に入れたから皇族であることは間違いないわよね？　前皇帝に側妃はいらっしゃらないし、愛妾もいない。たとえいたとしても、正妃様の子供以外は皇女様が生まれるのよね？　どういうこと？

尋ねてみると、返ってきたのは——

『イザベル、皇帝はちゃんと焔《ほむら》の神様の加護を授かっているよ』

『サズカッテル！』

『ツカエナイダケ!!』

はい？

『皇帝は、神の加護はあるけど、魔力が少ないから攻撃魔法が使えないんだ』

『ザンネン！』

『マリョクスクナイ!!』

「ええエェェ!?　そのことを、わたくし以外の方に伝えましたか？」

『う〜ん？　テオバルドは仕事中で相手してくれないし、まだイザベルにしか言ってないよ』

『イザベル、イチバンヒマ！』

『イザベル、ダラダラ!!』

失礼ですわね！　働いておりますわよ!?　ただ、今は休憩中なだけですわっ。

「でしたら、このことはまだ誰にも言わないでくださいまし。旦那様が皇城から帰ってきたら、一緒にお話ししましょう」

『わかった！　ねぇねぇ、それよりも、面白いおもちゃないの？』

『オモチャヨコセー！』

『タノシイノ、ヨコセー!!』

スイーツの次はおもちゃですの!?

「そういえば、新商品のサンプルが届いておりましたわ。これから確認いたしますから、あなたたちも一緒にいらっしゃいますか？」

『もちろん行くさ！』

『シンショーヒン！』

『アタラシイオモチャ!!』

フフフ……今回のオモチャは、今までとは違いますわよ。

先程聞いた衝撃的な事実を頭から追い出すように、私は新しいおもちゃのことを考える。そうして、妖精たちとサンプル部屋へ移動した。

『――イザベル、なにこれ？　なにかの部品みたいなものが、たくさん箱の中に並べてあるよ？

こんなのでどうやって遊ぶの？』

『ゴミ？』

『タダノゴミ？』

　キノコたち、最近口が悪いですわよ。

「それはね、まだ完成品ではないの。その部品を自分で組み立てて、おもちゃを完成させるのよ！」

『完成品じゃないの？　完成したおもちゃで遊びたいんだけど』

『スグ、アソビタイ！』

『メンドー!!』

「なにを言っていますの！　組み立てこそが遊びの一環ではございませんか!!　この部品一つ一つを自らの手で組み上げ、色をつけ、世界に一つしかない、自分だけのオリジナルおもちゃを作るのですわ！」

　そう。これはこの世界初の、『組立式模型』ですのよ!!　旦那様とウォルトがレール馬車の模型に興味を持った時に思いつきましたの。金型が滅茶苦茶たくさんいるので、コストはかかりますが、一度作ってしまえば量産できますもの！　今回は、馬車と馬の模型ですわ！

『世界に一つの、自分だけのおもちゃ……』

『アカダケノ、オモチャ……！』

『アオダケノ、オモチャ……!!』

　とはいえ、接着剤を作るのに苦労したのよね。まさか接着剤の材料が、そこらに生《は》えている雑草だとは……っ。『ネチャネチャ草』ってなんなのよ！　草の汁がネチャネチャしていることが由来らしいけど、まさかその汁が接着剤になるとは思わなかったわ……。踏むとネチャネチャするから嫌がられていた雑草なのよね。剥離剤《はくりざい》がなくても、お湯をかければ簡単に剥《は》がれるのと肌に優しいのが魅力だけど。

「さぁ、どうしますの？　作る？　作らない？」

『作る!!　ボクらだけのオモチャ!!　世界で一つ!!』

『アカモ！』

『アオモ!!』

　こうして実験台……ゴホンッ、組立式模型のサンプルを組み立ててくれる人（？）をゲットした私は、やり方を少し教えただけであっという間に熱中し始めた妖精たちを部屋に置き去りにして、さっきの話をどう旦那様に伝えるか、邸内をウロウロしながら考えを纏《まと》めたのである。


「――と、妖精たちから聞きましたの」

「皇帝を謀《たばか》り、皇帝の子として育てるとは……」

　旦那様が帰ってきてすぐ、お時間をいただいてあの衝撃の事実をお伝えした。妖精たちは未だ組立式模型に熱中しており、サンプル部屋から出てこない。

「ですが、子供に罪はございませんわ。すでに皇子であることを自覚している第一皇子がこのことを知れば、酷く傷付くと思いますの……っ。それに第三皇子はまだ生まれたばかりですのよ……」

「それでも、これは立派な犯罪だ。皇帝への虚偽については不敬罪と反逆罪が、国庫金を使用して育てていることは、横領罪が適用される。したがって、母親は死罪。その家族は爵位の取り上げ、もしくは共謀者として死罪になるだろう。もちろん子供の父親も見つかり次第死罪だ」

「子供はどうなるのですか!?」

「……平民となり、孤児として育てられる」

「そんな……っ」

残酷な現実に血の気が引く。

皇子として生きてきた子供が突然一人で生きていくなど、果たして耐えられるのだろうか……

「イザベル、君はこの件にこれ以上関わるな。君が辛い思いをすることを、私は許容できない」

「旦那様……、もし、第一皇子と第三皇子が孤児として育てられることになった時は、わたくしが……っ」

「イザベル。それ以上は、言葉にしてはならない」

旦那様がじっと私を見つめる。

「……申し訳ございませんわ」

私は、なんて軽率な言葉を発してしまったのかしら……。子供を育てるということは、そんなに簡単なことじゃないのに……っ。

「大丈夫だ。皇子たちに関しては、決して悪いようにはしない」

「旦那様……」

「だから、君はいつものように笑っていてく……」

『イザベル、アカデキタ！』

『イザベル、アオモウスコシ!!』

『ボクまだできないんだけど～』

「「……」」

妖精たちの乱入に、実は心臓がドキドキしていた私は、一転、チベットスナギツネのようにスンとした顔になった。妖精たちはアカが完成させた組立式模型を高々と掲げ、大騒ぎしている。

妖精って、実は見えない方が良かったのかしら……

SIDE　テオバルド

「そうか……、第一皇子と第三皇子は朕の子ではなかったか。父上は……それを知っていたのだな。だからあのような言葉を……」

翌日皇城へ上がり、イザベルと妖精からの情報を伝えると、皇帝は想像していたよりも落ち着いた様子で、神妙に頷いた。

「陛下、愛妾であるデルタと、オリヴィア側妃をすぐに拘束し――」

「ディバイン公爵、朕は、実は妃たちの顔など覚えておらぬ」

「……はい」

　側妃たちの処遇について言及しようとすると、私の言葉を遮《さえぎ》り話し始めた。

「酷い話かもしれぬが、レーテ以外の妃など、今すぐいなくなっても構わぬと思っているのだ」

「それは、当然かと」

「うむ。しかしな、最近朕は子供らのいる宮に通っておるのだが……、子供は可愛いのだ。洗脳されていて、なにも覚えておらぬ朕を、あの子らは父と言って慕ってくれる。もちろん第一皇子も」

「陛下、なりません。情で罪を見逃すなど、あってはならぬこと。どうかご理解ください」

　悪魔の洗脳が解け、まともになったと思ったが、やはりこの皇帝は愚か者なのだろうか。私情を優先するなど、政《まつりごと》を司《つかさど》る者にあってはならぬことだ。

「ディバイン公爵、朕も皇帝。法を遵守《じゅんしゅ》せねば国が成り立たぬことは理解しておる。しかしここで、朕を謀《たばか》った罪で裁かぬとも、あれらの家も本人も、数々の不正をおこなっておる。うぬらが粛清《しゅくせい》しようとしているリストに入っておるのだろう？」

「……」

　粛清《しゅくせい》については、皇帝になにも伝えていないはずだが……

「子に罪はない。皇子たちが朕を父と慕うのならば、朕は皇子たちの父として、イーニアスと同じように、守るだけだ」

「後継争いになるやもしれませぬぞ」

「ならぬ。朕の後継はイーニアスだけだ。神の加護を持ち、ディバイン公爵、うぬが後ろ盾につく。

皇子たちの母親や実家は粛清《しゅくせい》され、今後力を持てぬ。そうだろう」

　陛下は、今後どのようになるかを理解なさっているからこそ、救える者になんとか手を差し伸べようとなさっているのだ。

「そしてなにより、あの子らは賢い。第一皇子なぞ、外交官を目指して頑張っているのだと、そう言っておった」

「……」

「それに、朕は……、朕のような思いを子供にはさせたくないのだ」

　この方は、ご自身の身の上を、血の繋がらぬ子に重ねておられるのか。

「……陛下の、ご随意に」

「うむ。朕の最後の我儘《わがまま》だと思っておくれ」

「はっ」

「ディバイン公爵、片棒を担がせてしまい、すまぬのだ……」

　この方が、洗脳されていた数十年が悔やまれるな。

「レーテ！　聞いてくれっ、朕には……、朕には火の神の加護があったのだ!!」

　話が終わるやいなや、嬉しそうに皇后のもとへ向かう陛下の後ろについていく。皇后にも話をせねばならないからな。

「でも、魔力が少なくて攻撃魔法は使えないのだ！」

「突然どういうことなのよ!?　なんの前触れもなくそんな……、そんな重大なことを言い出すなんて……っ。それにあんた、なんでそんなにへらへら笑っていられるのよ……っ」

　このように大事なことをヘラヘラと笑いながら伝える陛下に、皇后も戸惑っている。陛下の幼い頃の境遇を考えると、笑っていられないはずだろう。皇后の方が泣きそうな顔をしているではないか。

「今の朕には、レーテもイーニアスもいるのだ。それ以上に必要なものなどなにもない」

「っ……あんた、本当に……っ」

「な、泣くなレーテ。レーテが泣くことはないのだ。朕は、レーテがそばにいてくれる今が、一番幸せなのだぞ。加護などもうどうでもよいのだ」

「か……っ、加護がどうでもいいなんて言う皇帝は……、あんたくらいよ。この、馬鹿朕……」

「うむ。朕は馬鹿かもしれぬが、それでいいのだ」

　嬉しそうに皇后を抱きしめる陛下は、神の加護など本当にどうでもいいのだろう。コンプレックスの塊かと思っていたが……

「て、テオ様!?　ちょ、テオ様がいるじゃないの!!　早く言いなさいよ!!」

「いたっ、レーテ、ちょっと痛いのだ……、ディバイン公爵より朕を見てほし……」

「テオ様！　もしかして馬鹿朕の加護のことでお話があるのかしら？」

「レーテ!?　無視か!?」

　騒がしい夫婦だ。まぁ、悪くないか……

◆◆◆

「妖精たちは組立式模型を作ってみてどうでしたか？　難しかったところや、わかりにくかったところはございましたかしら？」

『ボクは、馬の脚と、馬車を組み立てるのが難しかったよ。細かいところは、手が大きいと大変なんだね』

『アカハ、カンタンダッタ！』

『アオハ、イロヌリタイヘン!!』

　なるほど。ピンセットはあった方が良さそうですわね。あと、細かいところに色を付けられるような細い筆と、マスキングテープのようなものもあればやりやすいかもしれませんわ。

　などと妖精たちに組立式模型について聞く一方、今頃旦那様と皇帝陛下が皇子たちの処遇を話し合っているのだと思うと、ちょっとそわそわしてしまう。

　旦那様のことだから、悪いようにはなさらないと思うけれど……どうか、子供たちが傷付くようなことだけにはなりませんように——

　そんなことを考えていた私は、まさかオリヴィア側妃があんなことをしでかすだなんて想像もしなかった。

第六章　こめかみのキス

『イザベル！　大変だよっ、ネロウディアスが襲われた!!』

『タイヘンダー！』

『オソワレター!!』

「ふぇっ、なに!?」

夜中に妖精の声で叩き起こされた私は、わけもわからぬまま、ベッドから転がり落ちる。

よだれが……

「どうしたの!?　なにがあったの!?　というか、ネロウディアスって誰!?」

『ネロウディアスは皇帝だよ！』

『コーテー！』

『タイヘン!!』

「皇帝!?　皇帝陛下が襲われたの!?　大変だわ……っ。すぐ旦那様に伝えなければ……っ」

慌てて部屋を飛び出し、旦那様の寝室まで走る。夜中だったので誰にも会わず、スムーズに旦那様の寝室に辿り着いた。

「旦那様！　旦那様、起きてくださいまし！」

旦那様の寝室の前で騒いだら、すぐに扉が開いた。ぎょっとした表情の旦那様と目が合う。

「イザベル、なんという格好で……っ」

旦那様の着ていたガウンを慌てて羽織らせられ、お姫様抱っこで部屋に引き入れられたのには、さすがに驚いたわ。

そういえばわたくし、ナイトドレスのままなにも羽織らず来てしまいましたわ!!　しかも裸足《はだし》で！　いえ、そんなことよりも……っ。

「就寝中に申し訳ありませんわ！　実は妖精が、皇帝陛下が襲われたという情報を持ってきたのです！」

旦那様のベッドの上に下ろされるやいなや、妖精からの情報を伝える。

「なんだと……？　妖精、いるか？」

『いるよ～！』

『アカ、コチラニ！』

『アオ、コチラニ!!』

妖精たちがまるで御庭番《おにわばん》のように出てきたわ。なにをやっているんだか……

「陛下についている妖精と連絡を取ってくれ。どういう状況か知りたい」

あ、そういえば、皇帝には妖精がついているから、連絡が取れるのだったわ……。私も部屋を飛び出す前に、皇后様に連絡を取れば良かった。

『ディバイン公爵か。朕は無事だ。部屋に侵入してきた者がいたので、妖精に拘束してもらったところだ。だってさ！』

『シンニューシャ、アカ、ミタコトアル！』

『アオモ、シッテル!!』

「アカ、アオ、侵入者の名前はわかるか」

『ハッ！　シンニューシャノナマエハ！』

『〝オリヴィア〟、デゴザイマス!!』

『ちょっと！　アカとアオじゃなくボクに聞いてよね！』

嘘でしょう!?　今、オリヴィアって言った!?

「オリヴィア側妃が、陛下の部屋に侵入しただと……？」

『オリヴィアというと……、側妃の一人か？　何故朕の部屋に侵入してくるのだ!?　ってネロウディアスが動揺しているよ。本当に覚えてないんだね！　ウケる〜！』

『オリヴィア、ブキモッテナイ！』

『ヤダー、ヨバーイ!!』

夜《よ》這《ば》いってアオ……。下品な言い回しはおよしなさい。

「馬鹿な。いくら側妃であろうと、皇宮の陛下の寝所に足を踏み入れるなどあってはならない。そんなことをすれば死罪だ。それに、陛下の部屋の前には護衛の騎士がいるはず。そいつはなにをしている」

『護衛は……、あぁ、あの側妃の色仕掛けに鼻の下を伸ばしているね』

『イロジカケ！』

『ヤダー、ハナノシタ、ノバシテルー!!』

アオ、俗っぽいですわよ。

「なんということだ。……その護衛騎士も拘束しろ」

『もう拘束しているってさ！』

『ヨーセー、ユーシュー！』

『ヨーセー、ツヨーイ!!』

ちょっと、話についていけないのだけど……、皇帝陛下は無事ってことでいいのね？

『他の護衛騎士が駆けつけたみたい。うわっ、あの側妃、すごく暴れているよ。護衛騎士も戸惑ってるや。捕まっているのが側妃だからかな？』

『コワイー！』

『オソロシイコ!!』

「護衛が戸惑っているだと？　陛下の護衛ともあろう者が……。選定をし直す必要があるようだ」

険しいお顔をされる旦那様の周りを、アカとアオはからかうようにコワイ、コワイと飛んだあと、正妖精の肩に止まった。

「イザベル、皇帝は無事のようだが、あと二十分もすれば皇宮から報告が来るだろう。報告が来次第向かうから、君はここで休んだらいい」

裸足《はだし》で部屋に戻すわけにはいかないからな、と言いながら私の足元を見るので、急に恥ずかしくなる。

　いやだっ。わたくし、寝起きの姿のまま旦那様のベッドの上にいますの!?

「どうした？　……まさか、今更恥ずかしくなったのか？」

　口の端を上げ、悪戯《いたずら》っぽく笑う旦那様は、パジャマ姿も相まって酷く色っぽい。目の毒だわ、と思わず自分の顔を手で覆ってしまった。

「イザベル、恥ずかしがることはない。私たちは夫婦だろう」

　ギシッという音とともに、ベッドが沈む。旦那様がベッドに上がってきたのだ。

「イザベル……」

　耳元で旦那様の声がして、ますます顔を合わせられなくなる。多分、耳まで真っ赤になっていることだろう。

　なんなのこれ……っ。わたくし今、旦那様になにをされておりますの!?

「……ククッ、冗談だ」

　こめかみになにか温かいものが触れると、旦那様はクツクツと笑いながらベッドを降り、クローゼットの方へ向かった。

『テオバルドが、イザベルのこめかみにキスした！』

『キャー、テレルー！』

『ヤダー、イヤラシイ!!』

　へ……？　ふあぁぁぁ!!　こ、こめかみにキスされましたの!?　なんですの!?　なんですのコレ！　パジャマ姿の妖艶な旦那様が、わたくしのこめかみにぃぃ!!

『イザベル、ベッドでゴロゴロ遊んでいるところ悪いけど、テオバルドもう行っちゃったよ？』

『アカモ、ゴロゴロスル！』

『アオモ、ヤリターイ!!』

私が頭の中で皇后様みたいにキャーキャー騒いでいる間に、旦那様は皇宮に行ってしまったようだ。

アカとアオが楽しそうにベッドをゴロゴロ転がっているのを見たら、急に冷静になった。

「そうですの……。そうですわ！　皇后様は大丈夫かしら!?」

『連絡取ってみようか？』

『ゴロゴロ～！』

『ゴロゴロ～!!』

「お願いできますかしら？」

妖精にお願いして、皇后様に連絡を取ってもらうことにする。

夜中だけど、きっとこの騒ぎで起きてらっしゃるわよね？

『イザベル様、オリヴィア側妃のことを聞いたのね。こんな夜中に騒ぎを起こしてごめんなさい。驚いたでしょう。って、マルグレーテが言っているよ』

『ｚｚｚ……』

『ｚｚｚ……』

まあっ、アカとアオはゴロゴロしている最中に眠ってしまったみたい。寝顔はとても可愛いのよね。そんなことよりも――

「皇后様が起こした騒ぎではないですのに。皇后様はご無事ですかと聞いていただけますか」

『うん。もちろん無事よ！　ピンピンしているわ！　だって。今は馬鹿朕の宮に呼ばれて、捕らえられているオリヴィア側妃と護衛騎士を見て驚いていたところよ。馬鹿朕なんて、オリヴィアのことを全く覚えてないもんだから、知らない女が自分の寝室に侵入してきたって怖がっていたわ。あんたの側妃でしょうが！　ってついツッコんじゃったわよ、って言っているよ』

皇帝陛下……。まぁ、そうよね。洗脳されていた期間のことを覚えてないのなら、側妃様の顔も愛妾の顔も覚えていないわよね。

「オリヴィア側妃は、ご自身の外見が美しいことを理解して活用なさっていたから、陛下の反応はショックだったでしょうね……」

『あの側妃が美しい？　人間の感性って全然わからないや。どう見ても、魂《たましい》が汚れきっていて酷いもんだよ』

あら、妖精から見ると違うのかしら。

『美しいっていうのは、フローレンスみたいな子をいうんだ。あ、イザベルやテオバルド、マルグレーテと最近はネロウディアスも綺麗だよ。イーニアスとノアもね！』

「あら、ありがとう存じますわ」

まさか妖精に褒《ほ》められるとは思いませんでしたわ。

『まぁ、イザベルに関しては、ちょっと特殊な魂《たましい》だけどさ。綺麗なのに変わりはないよ』

ん？　なんだか気になる言い方ですわね。

『あ、側妃が皇后に、なんであんたみたいな不細工が皇后なのよ！　あんたは私より身分が下のくせに！　私の方が皇后に相応《ふさわ》しいわ!!　そうよ、私こそが皇后なのよ!!　って叫んでいるよ』

「なんてことをっ。……オリヴィア側妃、もしかして悪魔に洗脳されていらっしゃるの？」

『違うよ。あの側妃は洗脳なんてされてない。元々そうだったんだ。たまにいるんだよね。悪魔みたいな人間って』

「悪魔みたいな人間……」

『堕《お》ちやすい魂《たましい》ってやつ。ほとんどの人間は、環境で魂《たましい》が変化していくけど、側妃みたいに堕《お》ちやすい魂《たましい》は、可哀想だけど、生まれた時から欠けているんだよね。あ、でも悪魔みたいだけど、悪魔とはまた違うんだ。悪魔は元々綺麗な魂《たましい》の人間が転じたものだから』

　え？

『あ、ネロウディアスが怒ったよ。レーテは不細工ではない!!　レーテは太陽のように美しく光り輝く女性なのだ！　皇后は、レーテにしかなれぬ！　それに、先程から身分に拘《こだわ》っておるが、レーテの生まれは侯爵家といっても、皇族が降嫁している由緒正しい家柄。仮に朕との婚姻がなくとも、レーテは皇族の一員なのだ！　そなたの生まれは公爵家だが、レーテはそなたより格上なのだ!!　ってさ』

「まぁっ。皇帝陛下、言う時は言う方なのね！」

SIDE　側妃オリヴィア

なんで……、どうして私が捕まってるの？　どうして、あの女がそこで私を見下ろしているのよ!?　やめて！　護衛騎士ごときが乱暴に私に触れないで！　さっきから、後ろに回された手が痛いのよ！

「――そなたの生まれは公爵家だが、レーテはそなたより格上なのだ!!」

「うそ……ウソ、うそうそうそ……!!　私は公爵令嬢なんだから……っ。あんただって、私に鼻の下を伸ばしていたじゃない！」

「そんなわけはない！　朕はレーテ以外愛しておらぬし覚えてもおらぬ！　そなたのことも、はっきり言って顔も思い出せぬ。すまぬ！」

覚えて、ない……？　この私を？

「なんで……？　ぁ……、皇后になれると思ったから、あんたみたいな、どんくさい男に抱かれてやったのに！　どうして……っ」

こんな好みでもない男に、どうして私が忘れられないといけないのよ!!

「ど、どんくさい……!?　レーテ、朕は全く覚えておらぬ者にどんくさい男と言われた……」

「覚えていないとか言ったから、そう言われたんじゃないの？　正直、あんたの方が酷いのに、へコんでんじゃないわよ」

「っ!? そ、そうなのか？ でも、本当に覚えておらぬし、興味もないし、朕はレーテしか見えぬ」

「あ、あんたねぇ、イーニアス以外に十一人も子供を作っておいて、よく言うわよ！」

「そ、それは……言い訳ができぬのだ……」

「もうっ、またそうやって……捨てられた犬じゃないんだから、そんなので絆《ほだ》されると思ったら大間違いだからね！ ……わ、わかったわよ！ 覚えてないんだから仕方ないわ」

「レーテ!! 朕は今後なにがあっても、レーテだけなのだぞ！」

なによ、この茶番は……っ。

「あんたみたいな馬鹿な男、皇帝という地位がなければ誰も愛さないわよ！ その女だって、あんたが皇帝だから結婚したんだから!!」

許さないわ！ この私をコケにして!!

「……うむ。朕は確かにでき損ないで、皇帝でなければ、レーテを妻にすることなど叶わなかった馬鹿者かもしれぬ」

自分でもわかってるじゃない。そうよ、あんたは火の神の加護もない、でき損ないの皇帝なの。だから、私が皇后になれば、民も臣下も皆喜ぶじゃない。

「朕を愛してくれる者など本当はおらぬのかもしれぬ……だが朕は、それでもレーテと、イーニアスと、子供らを愛しているのだ。だから、それで……、それで朕は、十分幸せなのだ」

馬鹿な皇帝はそう言って、あの女を見つめて……愛おしそうに微笑んだ。

「なによそれ……、そんなの、全然……っ、見返りのない愛なんて、意味ないじゃない……っ」

理解できないわ。なに言ってるのよこいつ……！　人はね、見返りがあるから愛を囁くのよ！　見返りがあるから身体を差し出すのよ！　与えるだけの愛なんて、偽善でしかないわ……っ。

「ちょっといいかしら」

今まで黙って聞いていたマルグレーテが突然、そう言って私をまっすぐ見たの。ああ、やっぱり私、この女のこういうところが嫌い。

「あんた、この人のことを誰も愛さないって言ったけど、そこ、間違っているわよ」

「は？」

「イーニアスも、他の子供たちも、アタシも、この馬鹿朕を愛しているんだから」

なによ……、なによそれ……っ。なんなのよぉ!!

ＳＩＤＥ　皇后マルグレーテ

「こんなことなら……」

護衛騎士に拘束され、馬鹿朕に覚えてないと言われて、それでもアタシへ殺意を向けていたオリヴィアは今、力なく項垂《うなだ》れてなにかを呟いた。

「こんなことなら、『エイヴァ』をもっと、上手く使うんだった……」

なんですって……？

「あいつが身の程知らずに妊娠さえしなきゃ、あいつを使って皇后を殺せたのに……っ。途中まで上手くいってたのに……！」

エイヴァ側妃。ずっとアタシの命を狙っていた女。あの女が側妃になってから、アタシはイーニアスと距離を置かなきゃならなくなった……っ。

「……エイヴァを側妃に送り込んだのは……、あんただったのね」

力なく項垂《うなだ》れていた目の前の女は、ゆっくりと顔を上げてアタシを見ると、気持ち悪い笑みを浮かべたのだ。

「そうよ。私が、あんたを殺せば皇后になれるってエイヴァを唆《そそのか》して、命を狙わせたの。なれるわけないのにその気になっちゃって。フフッ、あの子が死ぬまでの四年間、ずーっと命を脅《おびや》かされているあんたを見て、おかしくて笑っちゃったわ！」

命を狙われて、イーニアスを遠ざけるしかなかった四年間……っ。イーニアスを皇宮の中で最も奥深くに追いやり、閉じ込めるようにして守り続けた。アタシにだけ害意が向くように、厚化粧をして、馬鹿なふりをして政治にも関与しないようにしながら。ネロさえ、敵だと思っていた。いいえ、むしろ、ネロがアタシの命を狙っているのだと思っていた。……イーニアスはずっと、寂しい思いをして……っ、政治も汚職ばかりする馬鹿な臣下たちが皇城を我が物顔で闊歩《かっぽ》していた……っ。あんな奴らをのさばらせて……、それでも我慢して、我慢して……っ。

「なにを思ったか、厚化粧し出した時には本当に愉快だったぁ！　ブッサイクな化粧が本当にあんたにお似合いで、最高だったわ」

　ウフフと笑うこの女に、沸々《ふつふつ》と怒りが湧いてくる。

　こんな奴らに、イーニアスとの四年を台なしにされたなんて……っ。

「それは、自供か。皇后の命を狙うなど……っ、到底許せることではない！　今すぐこやつを引っ立てよ!!　朕の大事な妃の前に、これ以上この犯罪者を置いておくでない!!」

「「はっ」」

　洗脳が解けてからずっと穏やかだった馬鹿朕が怒鳴った。

「オリヴィアといったか？　貴様許さぬぞ。四年もの間、朕のレーテを苦しめ、追い詰めおって……！」

「フフッ、アハハッ。私、昔からあんたが嫌いだったのよ。マルグレーテ！」

　こんな壊れた女を、これ以上アタシの大切な人たちと関わらせたくない。ネロの怒りさえ、この女には過ぎたものだわ……っ。

「皇帝を寝取って、子供を殺して、命を脅《おびや》かして精神的に追い詰めて、追い詰めて、滅茶苦茶にして殺してやりたかったのに……」

「レーテ、朕の後ろへ」

「……こんの……っ、バカ女がぁぁぁぁ!!」

「ブハァ!?」

「れ、レーテ⁉」

バチーンッと爽快な音が響き、護衛騎士に拘束されていたオリヴィアが床に転がった。

「な、な……っ　私を、この私の顔を打ったの⁉」

「ホホホッ。ぶはぁっ、ですって‼　ぶっさいくな声が出たわねぇ‼」

「っ……」

あらあら、悔しそうな顔。お綺麗なお顔が真っ赤に腫《は》れているわよ。

「あんたが今までやったことは、絶対許せない。あんたがアタシたちの人生に二度と関われないように、アタシはこの国の法であんたを裁く‼」

「か、カッコいいのだ……っ」

馬鹿朕は黙りなさい。

「法？　私は公爵令嬢よ！　しかも今は皇族の一員なんだから、そんなもので裁けるわけがないでしょう」

「おバカ女。法の下では、皇族であろうと貴族であろうと平民であろうと平等なのよ。ああ、もしかして、裁判官に賄賂《わいろ》を渡す気でいるの？　それなら諦めなさい。あんたにその力はもうないのだから」

「力がない……？　ふふふっ、言ったでしょう！　私は公爵令嬢なの！　私がなにをしても、私のお父様が助けてくれるわ‼」

まだ気付いていないのね。

「いいえ、あんたのお父様は今、行方不明……いえ、もう亡くなっているのではないの？」

この女が父親を生贄《いけにえ》にして、悪魔に与えたのだろうと、ダスキール公爵が悪魔として現れた時から推測していた。

「え……？　ぁ……あ……っ、お父様……っ」

だってこの女は、それをするような思考の持ち主だったから。

「どうして……？　どうして最後まで、役立たずなのよぉ!!」

この女は……っ。

自分の親を殺した上で、まだそんなことを言うなんて、どこまでも救いようがないわ。

「ああ、まだお兄様がいるわ」

その言葉に、この場にいる全員がゾッとしたに違いない。

「残念だけど、あんたの家族はあんたが犯した罪を一緒に背負うことになるのよ。あんたが自慢していた公爵の地位は剥奪《はくだつ》されるわ」

「うそ……」

「あんたは、皇后になりたいと言ったけど、自分で自分の首を絞めて、結局、公爵令嬢ですらなくなったのよ」

そう言った瞬間、今まで不気味に笑っていた女は崩れ落ちる。そして護衛騎士に引きずられ、呆気なく連れていかれたのだった。

◆　◆　◆

「旦那様、お帰りなさいませ」

夜中に馬で皇宮まで駆けていった旦那様は、結局そこから丸一日お仕事に追われて、帰ってきたのはその日の深夜零時前だった。

「イザベル、起きていたのか」

「もちろんですわ。頑張ってお仕事をなさっている旦那様をお出迎えするのは、妻の役目ですもの」

本当はお話を聞きたいですが、顔を見る限りお疲れのようですし、明日にしましょう。一応妖精から、オリヴィア側妃の恐ろしい様子は聞いておりますし。

「ああ、そうだな」

旦那様は疲れているのに、クスッと笑って私の手を引き、腰を抱き寄せてリビングまでエスコートしてくれた。その行動に、私の心臓が早鐘を打つ。

「旦那様、疲れていらっしゃるのでしょう？　お部屋に戻られなくてもよろしいの？」

「話を聞きたいのだろう？」

旦那様は私の心が読めるのかしら？　とはいえ、私もそこまで鬼ではなくてよ。

「お疲れなのは存じ上げておりますわ。話は明日でも大丈夫ですので、今日はお休みください」

「……私は君と少し話がしたい」

まぁ。なにか大事なお話があるのね。

「でしたら旦那様、まずはお風呂に入られてはいかがでしょう。リラックスした状態でお話ししませんか？」

そう言ってしまった私が悪いのか。……何故か今、私は旦那様の寝室のソファで動けないでいた。

私の膝には旦那様の頭が……そう、まさにこれは、膝枕である。

「だ、旦那様……」

「ん……」

私が少し動いた瞬間、ハラリと旦那様の髪が流れ、その色っぽさに心の中で大絶叫する。

「あの、旦那様。ここで眠られてはお風邪を引いてしまいますわ」

「……あぁ、気持ち良くて……すまない」

もぅっ、なんでこんなに色っぽいんですの!?

机の上には、ウィスキーが入った高級そうな瓶と、お洒落《しゃれ》なグラスが置かれ、私が改めて部屋を訪れた時にはお酒の香りが仄《ほの》かに漂っていた。

ソファに腰かけ、ゆっくりとグラスを傾けて琥珀色《こはくいろ》の液体を口に含み、幸せそうに息をつく旦那様の姿に、大人の時間の過ごし方を見た気がしたわ。躊躇《ためら》いがちに話しかけると、隣に座るように言われ、ソファに並んだまま、拘束されたオリヴィア側妃のことを聞いたのだけれど……酔いが回ったのか、旦那様が突然、私の膝の上に倒れてきたのよね。旦那様、酔っている、わよね……？

穏やかな表情で目を閉じている旦那様を見たあと、そう結論づけた。

「イザベル……」

とろんとした瞳で、手を伸ばしてくる旦那様。私はうるさい心臓の音を落ち着かせようと頭を振り、旦那様の手を取る。少し冷たいと感じ、思わず両手で温めてしまう。

夏でも、このお屋敷はエアコンが効いているように涼しいから、風邪を引いてしまいますわ。

「ああ……、やはり君に触れられても不快ではない。それどころか、とても心地いい……」

「そ、それは……良かったですわ」

妖精たちが眠りについて、ここにいないせいかしら。なんだか酷く静かだわ……

「陛下の……」

「はい？」

「陛下の皇后に対する愛情表現が、まっすぐだと……」

「そうですわね。素敵なことだと思いますわ。あのように素直に言葉にされれば、皇后様も嬉しいでしょうね」

「やはりそうなのか……」

急に皇帝陛下の恋バナだなんて、どうしたのかしら？　そんなこと話題にする人じゃないのに。

「イザベル……」

「なんですの？」

「……君には、すまないことをしたと思っている」

「え？　わたくし、なにか旦那様に謝罪されるようなことをされました？」

　助けてもらってばかりですわよ？

「……最初の頃……、放置してしまっただろう」

「ああ。気にしておりませんわ。だって、公爵夫人になったのだから、と言われることもなく、お食事も、ドレスも、きちんと用意されていて、自由にさせていただいておりましたもの」

「それは……君だから、耐えられたのだろう」

「そのようなことはないと思うのですが……？」

　使用人からも良くしてもらっていたし、贅沢もしていたし、お店だって建てましたもの。

「シモンズ伯爵から、君を貰い受ける時……、不幸にはしない、と約束していた」

「はい。あの誕生パーティーの時におっしゃってましたよね。わたくし不幸どころか、幸せですわ」

　そう伝えると旦那様は、旦那様の手を握っていた私の手に、もう片方の手を重ねる。

「君と結婚した当初は、金と住む場所さえ与えておけば不幸にはならないだろうと、約束は守っているのだと、軽く考えていた。……だが、そんなわけはなかったのだ……」

「……でも、旦那様は女性がお嫌いでしたわ。それを思うと、とても良くしてくださっておりました」

「イザベル……」

　旦那様は半分起き上がった体勢で、乱れた髪のままこちらを見つめる。その姿が妖艶すぎて直視できない。

「君には……、私が何故女嫌いなのか、聞いてもらいたいと、思う……」

「理由を教えてくださるのですか？」

旦那様は決心したように頷き座り直すと、ご自身の過去を語り出した――

使用人や護衛、そして他家の令嬢からも何度も襲われ、女性を見れば吐き気をもよおすまでになってしまったそうだ。そして――前妻で、社交界では白銀の妖精姫と呼ばれた子爵令嬢、サラ・ユリアン・フィオーレ様に、身体を弛緩させる薬を呑まされ、意識が朦朧《もうろう》として抵抗できないままに媚薬を盛られて襲われた。

やっぱり、皇后様がおっしゃっていたことは本当だったのだわ……。あの可愛いノアの母親が、そんな危ない思考の持ち主だったなんて……、ノアにはとても伝えられない。

大体、身体を弛緩させた上に媚薬だなんて、普通の人間なら死んでいますわよ！　もう、ノアは私が産んだと思って育てましょう。本人が聞いてこない限り、前妻様の話には触れないでおくわ。

それにしても……、旦那様はそんな傷を抱えて、今まで生活していたのね。ノアを遠ざけていたのは、もしかしたら傷つけないためだったのかもしれない……

「旦那様……」

「イザベル、正直に言うと、私は……君にこの話をして、軽蔑されることが怖い」

「軽蔑だなんて！　旦那様は被害者ですのよ！　どうしてそんなことができましょうか……っ」

「だが私は、汚いだろう……」

汚い？　なにを言っておりますの……？

「汚いわけ……っ、ございませんでしょう!!」

この人は、ずっとそう思って生きてきたのか。今までずっと、自分が汚いと思って……っ。

「旦那様。旦那様の身体も、心も、どこも汚れてなどおりません。わたくしは、旦那様がとても美しいと思っておりますわ」

「……」

心の傷は、他人がなにを言っても塞がることはないのかもしれない。だけど、それでもわたくしは、何度だってこの人に言い続けよう。

「もう一度言いますわ。旦那様は、汚れてなどおりません。綺麗ですわ」

「イザベル……」

「あなたに触れても、よろしいですか？」

私がそう言うと、旦那様は頷き、頬に手を伸ばした私の右手を自分の手で包むように重ね、頬をすり寄せたのだ。

「……君に知られるのが怖かった」

ボソリと呟く声は、聞いているだけで胸が痛くなる——苦しそうな、悲しそうな、そんな音をしていた。

「だが、君には正直に話したいと思ったんだ」

「はい……」

「もちろん、だからといって、最初の頃の酷い態度を許せというわけではない」

「わかっておりますわ」

旦那様の瞳にかかる髪を、もう一方の手で耳にかけて頷くと、旦那様は私の右手に頬擦りをして言った。

「本当の私を知って、見てほしいと思ったんだ」

その時初めて、氷の大公と呼ばれるこの人が、誰にも見せなかった弱さを今、私にだけ見せてくださっているのだと気付いた。

「本当のあなたを、わたくしに見せていただけたことが……とても……、とても嬉しいですわ」

ああ……、この胸の高鳴りは、そういうことなのだわ。私は、旦那様が……、テオバルド様が、好きなのだ。

「イザベル」

うっとりするようなバリトンボイスで私の名前を呼んだ旦那様は、おもむろにソファから立ち上がり、床に片膝をついて私の手を取る。

「お飾りの妻ではなく、私の、本当の妻になってほしい」

私、今自覚したばかりですのよ……っ。好きな方に、そんな物語の王子様のようなことをされてしまったら、ドキドキが止まらないじゃない!!　どうしましょう！　絶対、顔が茹《ゆ》でダコですわ！

「て、テオバルド様……っ。あの」

「こんな気持ちを、女性に感じることなど一生ないと思っていた。だが、君に出会い、接するうちに……君が可愛くてたまらなくなった」

「ふぁ!?」

か、可愛い!?　悪女の代表みたいな外見の私が……？

「イザベル、私は君を……、愛している」

…………へ？

「あい……？」

「ああ。君を一人の女性として愛しているんだ」

テオバルド様は、本当に愛おしそうに私を見つめ、指先にキスを落とした。

「っ……て、お……バルド様」

「書類上では、君はもう私の妻だからおかしなことを言っている自覚はある。それでも、書類上だけでは嫌だ」

「わたくしを……、本当に？」

「君への恋に溺《おぼ》れる愚かな男にどうか、君の愛をくれないか」

どうしましょう……、どうしましょう……っ。

「嬉しくて、涙が……っ。と、止まりませんわ」

「イザベル……」

「好きな人に告白されましたのよ。嬉し涙が止まらなくなるのは、当たり前ですわよね」

テオバルド様に犬のようにお手をしたまま、あまりの嬉しさに派手に涙を流していると、立ち上がったテオバルド様が私をぎゅっと抱きしめてくれた。

「本当は、もっと余裕のある態度で伝えたかったんだが……」

そう言って机の上のお酒の瓶とグラスを見る姿が、氷の大公と呼ばれているなんて思えないほど可愛らしくて、つい声を上げて笑ってしまったわ。

「テオバルド様、わたくしも、あなたを愛しておりますわ」

こそっと耳元で伝えた言葉は、自分の心臓の音でかき消されそうなくらい小さな囁きだったけれど、この人には伝わったみたい。赤くなった耳と、優しい温もりが、その証《あかし》だから。

しばらく抱き合っていたけれど、夜中の二時を回り、テオバルド様は疲れている身体にお酒を入れたためか、あるいは抱き合ったことで互いの温もりを感じていたせいか、ウトウトし始めている気がする。

「テオバルド様、もう遅いですし、そろそろ眠りませんか？」

「ああ……、ベッドに……」

何故かわたくしを連れてベッドに向かおうとするテオバルド様に、「ちょ、わたくしは、部屋に戻り……」と言ったのだけど、「君はもう私の妻なのだから、一緒のベッドで眠るんだ」と言われて、ベッドに転がされたのよ!!

「ひぇっ」

「大丈夫だ。今日はなにもしない。だから、私のそばにいてくれ」

とろんとした瞳でそんなことを言われたら、動けなくなるに決まっていますわよ⁉　なんですの！　テオバルド様はメデューサの子孫かなにかですの⁉

と思っているうちに、隣から微かな寝息が聞こえてきた。すっかり寝入ってしまった旦那様の顔を眺めながら、現実感のなさに不思議な気持ちになる。

わたくし、この美しい人に、愛を囁かれたのだわ……

自分の頬をつねってみる。

「痛いですわ……」

まさか、こんなマンガみたいな行動を自分がする日が来るなんて思わなかったけれど、一応これは現実なのだと納得した。

「夢みたい……」

安心しきって眠るテオバルド様に布団をかけ、隣に潜り込む。

トラウマがあるでしょうし、少し離れて眠った方がいいですわよね。朝起きて不快な気持ちにさせてもいけませんし。

キングサイズの異様に広いベッドはいくらでもスペースがあるので、ある程度の距離を取ることができた。さらに浮足立つような気持ちを誤魔化すように、ゴロゴロ転がって距離を取っていくうち、ドキドキしていた心臓も収まってきた。なんとか眠ることができそうだと目を閉じたその時、ふと、あることが頭を過《よぎ》った。

確か前妻様は、悪魔に洗脳されていた皇帝陛下がテオバルド様の妻に推したのよね……。どうして皇帝陛下は、テオバルド様に前妻様をけしかけたのかしら？　嫌がらせかと思っていたけれど、今の陛下を見ていると、特にテオバルド様に対してコンプレックスを刺激されるとか、嫉妬しているとか、そういう感情はないように思えますのに。となると、悪魔にその理由があると考えるのが、自然ですわよね。前妻様を旦那様にけしかける理由……、考えられるのは、旦那様の監視……もしくは、公爵家の乗っ取り……？　いえ、でも皇宮、皇城に巣食って、皇帝を洗脳していた悪魔が、わざわざ前妻様にこだわる必要はないわよね？　旦那様なら、思いを寄せる女性はたくさんいただろうし、それこそ前妻様でなくても、送り込むのに都合のいい女性はいたはずだわ。

　でも、悪魔はサラ・ユリアン・フィオーレ様を選んだ。

たまたま？　本当に……？　千五百年前から生きてきて、何故か今動き出した悪魔。イーニアス殿下にあんなに執着して、皇帝を洗脳していた……

〝ノア〟

　まさか、ノアを誕生させることが目的だった——？

◇　◇　◇

——コンコン。

「旦那様、おはようございます。入室してもよろしいでしょうか」

「ん……、あぁ、もう朝か……。入ってくれ」

「失礼いたします。旦那さ……っ、失礼いたしました。こちらにタオルなどを置かせていただきます。なにかございましたら、呼び鈴を鳴らしてください」

「ん？　どうしたウォルト。何故後ろを向いて……ああ、イザベルか」

「申し訳ございません。まさか奥様がいらっしゃるとは思わず……」

「ああ、妻の寝顔は他の男には見せたくないからな。いい判断だ。……そうだ、今日からは夫婦の寝室を使うことにする。私の部屋とイザベルの部屋もそっちに移してくれ」

「かしこまりました。朝食はこちらで召し上がられますか？」

「……いや、イザベルもノアと食べたがるだろう。朝食は食堂に頼む」

「承知いたしました。では失礼いたします」

……あら……、誰かが……話している声が聞こえますわ……

「ん……」

もう起きる時間……？

「イザベル、目が覚めたか？」

ん〜……？　だれか、いる……っ。

「……っ、旦那様!?」

どうして旦那様が私の部屋に!?　って、ここ、私の部屋ではありませんわ……

いつもとは違う部屋で目覚めたことに戸惑っていると、旦那様が酷く優しい声で「おはよう」と挨拶をしてくださる。

そういえば、私、昨夜は旦那様の部屋で眠ったのだったわ！

「どうしてそんな端で寝ているんだ」

「へ、あ、これはその……っ。起きた時に、旦那様が不快な思いをしないようにと思いましたの……」

「……イザベル」

「はい」

「旦那様ではなく、『テオバルド』だ」

ヒェッ。

「ほら、昨夜は私の名を呼んでくれただろう？」

だんな……テオバルド様が近付いてきて、私に覆い被さると、指を絡めるようにして手を握ってくる。

なん……っ、なん……っ⁉

「さぁ、イザベル、……そうだ、『テオ』と呼んでくれてもいい」

ヒェエッ！　耳元でそのイケボは卑怯ですわよ‼

「さぁ、呼んでみるんだ」

圧が……ッ。

「う……て、テオ、様……」

「っ……これは、いいな……」

片手で自分の顔を覆ったテオバルド……いえ、テオ様は、なにか呟くと、私の上から退《ど》いた。

「さぁ、朝の支度をして食事にしよう。ノアが待っているぞ」

「あっ！　そうですわね」

ノアの顔を思い出すと、このなんとも言えない状況も、ほっこりするから不思議ですわ。


「——おかぁさま、おいちぃね！」

「ええ、ノア。とっても美味しいパンですわ」

朝食にクロワッサンをいただきながら、可愛い息子と会話をする。

なんて幸せなのかしら！

「このパンは、サクサクしているな」

『美味し〜!!　ボクこれ好き！』

『サクサクオイシ、デモ、ポロポロコボレル！』

『サクサクオイシ、デモ、バラバラコボレル!!』

「面白い食感ですわよね。シェフが試作を重ねて作ってくれたパンですのよ！」

バターをたっぷり練り込んだサクサクのクロワッサンを、ものすっごく食べたくなっちゃったのよね。ノアも絶対喜ぶわ！　と、随分前にシェフに提案したんだけど、何度も試作してやっと最近美味しいクロワッサンが出来上がったのよ！　やっぱりプロの料理人ってすごいですわ!!

「パンというよりは……菓子に近いか……」

少し甘さもあるからか、テオ様はあまりお好きではないみたい。

「テオ様はカレーパンがお好きですものね」

「ベルのカレーパンは美味いからな。こっちのソーセージが入ったパンも悪くない」

ミニホットドッグをナイフとフォークで上品に召し上がるテオ様はなんだか可愛らしいわ。

って、今、『ベル』って言いませんでした？

『あれぇ？　イザベルはテオバルドをテオって呼んで、テオバルドはイザベルをベルって呼んでる』

『ナンデ？』

『ナンデ⁇』

わ、私が聞きたいですわよ⁉　ベルって、突然なんで？

急に愛称で呼び合うようになった私たちを、ここぞとばかりにからかう妖精たち。しかも、使用人たちもニコニコと生温《なまあたた》かい目を向けてくるので、いたたまれない。

カミラなんて、「やっと旦那様が告白なさったのですね！　通じて良かったです‼」と手を叩いて喜ぶものだから、ミランダに叱られていたのよ。通じて良かったってどういうことなのかしら。

からかわれるのではなく、生温かい目だったことは、穴を掘って入りたくなりますけれど、なんだかんだ両思いになりましたし幸せなのですわ。ただ、そのせいでちょっと、困ったことになっているんですの。

夜、眠る前のことなのだけど……

「おかぁさま、わたちといっしょ、おねんねちましゅ」

「ベルは私と一緒に寝る。お前は一人で眠れるとウォルトから聞いているぞ」

「ひとり、おねんねできるの、おとぅさま。わたち、おかぁさまとおねんね、ちましゅ」

私を真ん中に挟んで火花を散らす父子に顔が引き攣《つ》る。

何故こんなことになっているのかというと、どうやら使用人たちの話から、私とテオ様が同衾《どうきん》したことをノアが知り、大人のお父様が一緒に眠ってもいいなら、自分もいいだろうと考えたようだ。

「おかぁさま、きょお、わたちとおねんね、ちましょ？」

とノアが可愛くお誘いしてくれる。もちろんよ！　と頷こうとした時――

「ダメだ。ベルは私と眠るのだから、お前は一人で眠りなさい。もし一人で眠れないのなら、ウォルトと一緒に寝ればいい」

テオ様が大人げないことを言い出すではないか。それがノアの心に火をつけたのか、私を挟んで火花を散らす今に至ったわけだ。

「おかぁさま、わたち、おかぁさまだいしゅきよ」

ノアの攻撃。イザベルは百のダメージ。ＨＰ残り一。メロメロの効果でノアに魅了される。

もうノアしか勝たん。

「フッ」

そこへ、テオ様が鼻で笑いながら私の肩を抱き、ノアを見下ろしながら言う。

「ベルは私を愛している。そうだろう？　ベル」

テオバルドのイケボ攻撃が炸裂。イザベル死亡。ゲームオーバー。

「おかぁさま、いちゅもわたちに、だいしゅきよって、いってくれるのよ」

「……ベルは昨夜、私に愛していると言ってくれた」

「ノアが、いちばんだいしゅきよって、いってまちた」

「それも昨日までだ。ベルの一番は私に変わった。お前は二番だ」

「ちがうのよ。おかぁさま、ノア、いちばんなのよね？」

「違う。ベル、一番は私だろう？」

私の攻撃ターンがないままに死亡させられ、その屍《しかばね》にさらに攻撃を加えられるなんて……っ。

『イザベルは悪女だね！』

『オトコヲテダマニトル、アクジョ！』

『テノヒラノウエデ、コロガシテル!!』

妖精たち！　なんてこと言うの!!

「旦那様、ノア様。お二人がそっくりな父子ということは十分わかりましたので、そのへんでおやめください。奥様が困っておられますよ」

そこへ救いの神ウォルトが現れ、蘇生呪文を唱えた。イザベルは生き返ったが、レベルは一からのスタートだ。

「すまない、ベル。君を困らせる気はなかったんだ……」

「おかぁさま、ごめんなしゃい……」

そっくり父子!!　外見も中身も、この二人そっくりですわ！

「奥様、よろしければ三人でお眠りになってはいかがでしょうか？」

ウォルト、あなた素晴らしい提案をしますわね！　さすが蘇生の神。

「まぁっ、それはとても素敵ですわ！　ノア、今日はお父様とお母様と、三人で眠りましょう！」

「はい！」

ノアをぎゅっと抱きしめてイチャイチャしている間、テオ様はウォルトとなにかを話している。

よく聞こえないけれど、仕事のことかしら……？

「ウォルト、どういうつもりだ」

「旦那様、子供はすぐ眠りにつきます。その頃にお呼びいただければ、ノア様を部屋につれて戻りますのでご安心ください。それとも、今ノア様と口論して大人げない旦那様を奥様に晒《さら》し、嫌われる方がよろしかったでしょうか」

「……ウォルト、いい判断だ」

『テオバルド、こんなに面白い性格だったんだね』

『テオバルド、オモシローイ！』

『テオバルド、オバカサン!!』

このあと、ノアがなかなか寝つかず子守唄を歌ったのだけれど、それでテオ様まで熟睡してしまったのには驚いたわ。子守唄って、きっとリラックス効果があるのね。

幸せそうに眠る二人をしばらく眺め、幸せを実感しながら眠りについたその夜、隣国で不穏な影が動き出したことに、私たちは全く気付いていなかった。

「ディバイン公爵領の急激な発展には、イザベル・ドーラ・ディバインが関わっている、か……。いいことを聞いたよ――」

第七章　大粛清《だいしゅくせい》

その日、全ての貴族に大きな衝撃を与える事件が起きた。
愚鈍《ぐどん》で悪辣《あくらつ》と評判だった皇帝が、横領や賄賂《わいろ》を受け取り好き放題していた貴族たちを一斉に粛清《しゅくせい》したのだ。妃たちの実家のほとんどが罪に問われ、中には自ら収賄《しゅうわい》に手を染めていた妃もいた。そういった妃は離縁され、犯罪者として投獄された。そして、皇后の父親も例外なく粛清《しゅくせい》されたのだ。後に、『韜晦《とうかい》皇帝の大粛清《だいしゅくせい》』と呼ばれるようになるこの一斉検挙は、皇城の文官、武官が半分は減ったと言われるほど大規模なものとなった。皇城の機能が停止するのではないかと懸念されたが、粛清《しゅくせい》された者は働く気もないのに高給取り、さらに汚職に手を染める者ばかりであったので、逆に仕事がスムーズに進むようになったのだとか。とはいえ、人員不足であるのもまた事実。そのため時を同じくして皇帝は優秀な平民の登用を進めた。さらには、優秀な女性を文官や武官に起用するなど、今まで働くことを良しとされなかった女性の社会進出を後押しする、画期的な政策をおこなったのだ。

一方、粛清《しゅくせい》された貴族があまりにも多かったため、本来であれば奪爵されるところを、一部の者は当主交代、もしくは降爵で許された。もちろん罪を犯した者は投獄され、裁判を待っている状態だ。おそらく皆、鉱山などに送られ、強制労働という名の地獄に落とされるだろう、とはテオ様の談である。もしかしたら貴族にとってこの刑は、死ぬより辛いことかもしれない。

　そして、実家という後ろ盾を失った妃たちのその後だが……

　まず皇后様は粛清《しゅくせい》される前に父親とは縁を切っていたこと、罪を犯したのは父親だけであったこと、そして皇族の血を継いだ由緒正しい家柄で、父親は入婿であったことなどが考慮され、当主交代をして皇后様の弟が公爵家を継ぐだけで、降爵などはされなかった。もちろん皇后様も、問題なく皇后であり続けている。

　様々な派閥から、犯罪者の娘は皇后の地位に相応《ふさわ》しくないのではないかという声も上がったが、テオ様がイーニアス殿下の後ろ盾についたことを公《おおやけ》にしたこと、多くの貴族が犯罪者になり、強い発言力を持つ者が減ったこともあり、そういった声は徐々に聞こえなくなっていった。

　でも一番は、皇帝陛下がマルグレーテ様以外の方を皇后にする気はないと宣言したからなのだろうけど。そして……

「オリヴィア側妃のお子である第三皇子は、愛妾のお一人が産んだことになったのですね……」

　すでに皇宮を去った愛妾の名前だけを借り、第三皇子を愛妾の子として継承権争いから遠ざけたうえで、皇帝陛下は手元で育てるつもりのようだ。もちろん第一皇子も一緒に。

「力のない皇子であれば、誰に利用されることもないだろうという陛下の判断だ」

「第一皇子の母親であるデルタ様は、皇宮を出られて市井で暮らされるそうですね」

「陛下も甘い判断を下される。本来ならば死刑だが、子供を取り上げられること、そして平民に身分を落とすことでお許しになるとはな」

デルタ様は元々平民のようですから、落とされたところでなんともないでしょうが……子供を取り上げられるのは、母親としては辛いところですわね。

「言っておくが、あの女は平民落ちで許されるなんて幸運だと言って、嬉しそうに出ていったぞ。元々子育てにも消極的だったらしいしな」

第一皇子は皇后様に懐いているし、育てたのも乳母《うば》と皇后様だから手放しても構わないとまで言っていたらしい。

「そうなんですの!?　わたくしなら、ノアと引き裂かれるなんて、考えただけでも耐えられませんわ……」

そう言うと、テオ様が優しい笑みを向けてくる。

「自らが腹を痛めて産んだ子を粗雑に扱う者もいれば、ベルのように大事にする者もいる。陛下もベルのように優しい人間のようだ」

大粛清《だいしゅくせい》のおかげでお忙しく、しばらく皇城に泊まっていらしたテオ様は、久々に帰ってきて、ことのあらましを説明してくださったのだ。

お疲れのはずなのにこうして優しく笑いかけてくださって……、先程から胸がドキドキしっぱなしですわ。

「テオ様は、皇帝陛下ととても上手くいっているようで、安心いたしましたわ」

「……陛下を見ていると、非情になることこそが政治において最も大事だと思っていた自分が阿呆らしくなる」

額に手を当てハァと溜め息を吐くテオ様に、つい笑ってしまいましたわ。

「ベル、笑うな」

「フフッ。だってテオ様、溜め息を吐きながらも、どこか嬉しそうなのですもの」

「……そんなことはない。甘い考えではやっていけないことなどわかりきっているからな」

「そうですか。でも、そう言ってフォローしてくださるテオ様がおりますから、陛下は安泰ですわね」

「ハァ……。非情に徹しなければならない部分は、私が引き受けるしかなさそうだ」

お優しいテオ様に、そのようなことをさせたくないというのが本音ですけれど、私は誇りを持ってお仕事をされている旦那様を応援しますわ！

こうして、皇帝陛下とも新たな関係を築き始めた頃、ようやく黒蝶《こくちょう》花《か》の解毒剤が完成したという連絡が、テオ様のもとに届いた。


——黒い、黒すぎる。

黒蝶《こくちょう》花《か》の解毒剤ができたとテオ様の執務室に呼ばれ、出されたコップの中に入っていたのは真っ黒な液体。明らかに解毒剤の色ではない。私の中の解毒薬のイメージは、水のように透明なそれなのだ。

これ、墨汁《ぼくじゅう》じゃないの!?　ビスマルク侯爵、よくこんなの飲みましたわね……

「——奥様は、薬に過剰反応を起こす特殊な体質でございますので、解毒薬についてもなんらかの副作用があるやもしれません……」

　そうおっしゃるのは、公爵家の専属医師であるムーア先生だ。とても優秀な医者で、以前、黒《こく》蝶《ちょう》花《か》から解毒剤を作ったのもこの先生なのよ。

「副作用で命の危険はあるのか？」

「いえ、おそらく……吐き気、下痢、目眩《めまい》、発熱のうちのどれかが出ると考えられますが、毒ではございませんので、命の危険はありません」

　私、なんでこんな変な体質を前世から引き継いでいるのかしら。もうっ、引き継ぐのは記憶だけで十分ですのに！

「そうか……。イザベル、この解毒剤は寝室で飲んだ方がいいようだ。一時的に辛い思いをするかもしれないが、今は君の体内にある毒をなんとかする方が先決だ」

「そう、ですわね……」

　この墨汁《ぼくじゅう》を飲むのね……。

「テオ様はもうお飲みになったのですか？」

「いや、まだ飲んではいない」

「でしたら、一緒に飲んでくださいまし」

　一人で飲むには勇気がいりますもの。付き合っていただきたいわ。

「わかった。妻の可愛い願いは聞かねばならないだろう」

　ちょっと嬉しそうに頷くテオ様に、「仲がよろしいですね」とムーア先生がニコニコ笑うので恥ずかしくなった。

その生温《なまあたた》かい視線は他の使用人たちと同じですのね。

そのあと寝室へ移動し、テオ様と二人、勇気を出して墨汁《ぼくじゅう》を飲み干す。

見た目に比べ、味は……少し苦かったけれど、そこまで酷いものではなかったので助かりましたわ。……そういえば、エイヴァ側妃が亡くなったのは、皇帝陛下が黒蝶花の毒を盛ったからではないかと推測できるのだけど。お茶会の時、皇帝陛下とタイラー子爵がそんな感じのことを話していたものね。あれって、エイヴァ側妃が皇后様の殺害を企てていたから、皇后様を守るために皇帝陛下が手を下したのではないかしら……。皇帝陛下は洗脳中で覚えていないようですから、真相は闇の中ですけれど——

三十分ほど経った頃、ムーア先生のおっしゃったとおり、私だけお腹が急激に痛み出し、その日は一日中トイレとお友達になるという、ちょっと恥ずかしい副作用が出てしまった。

発熱なら、テオ様がそばで看病してくれたかもしれませんのに、下痢だとそばにいてもらうのもちょっと……ですものね。

「おかぁさま、だいじょぶ?」

夜、天使がベッドに上がってきて、げっそりと横たわっている私の額を小さなおててで、なでなでしてくれた。心配そうに覗き込むノアを抱きしめて「大丈夫よ」と頬擦りする。

はぁ〜。癒やしだわ。

「おかぁさま、くしゅぐったい」

「あら、ノアはお母様を癒やしに来てくれたのでしょう？　我慢してお母様に頬擦りされなさい」

「ふふっ、きゃーっ」

嬉しそうに頬擦りされては逃げる、を繰り返す息子を見るだけで、体調が良くなってきたわ。

いつの間にかベッドの上で鬼ごっこになり、きゃっきゃとはしゃいで逃げ回るノアに手を伸ばしながら「捕まえますわよ～」と言っていたところでテオ様が入ってきた。

「……元気が出たようでなによりだ」

私がワーッと両手を上げ、ノアがきゃーっと嬉しそうに悲鳴を上げているところを見られて、私の乙女の部分が顔を出す。恥ずかしくてノアと一緒に布団の中に隠れて、両手で火照《ほて》った顔を覆《おお》ってしまった。

「かくれんぼ？」

瞳をキラキラさせたノアが、布団の中で私を見る。

「そうよ。お父様から隠れていますの」

「うふふっ、おとぅさま、オーガね！」

ノアがテオ様を伝説の魔物にたとえ、二人でクスクス笑っていると――

「ほう、私はオーガか」

と急に布団をひっぺがされ、抱き上げられてしまった。

「ひぇっ」

「あーっ、おかぁさま、かえちて！」

「ふんっ、私はオーガなのだろう。ベルは私がもらった。取り返したくば私を倒してみろ」

「それ、かくれんぼ、ちがうのよ」

テオ様はオーガ＝魔物で、人をさらうという認識なのかもしれない。かくれんぼをしているつもりのノアと噛み合っておらず、ノアの冷静なツッコミに首を傾げている。

「テオ様、降ろしてくださいまし」

「ノアを構っていたのなら、私も構ってもらわないと不公平だろう？」

「エェッ？　そんな、ノアは子供ですし……」

テオ様は最近子供っぽいのよね。……そんなところも可愛いのだけれど。

「おかぁさま、かえちて！　わたちの、おかぁさまよ！」

「大人も子供も関係ない。これは男の戦いだ」

はい？

「今まで二人で遊んでいたのだろう。今からは私とベルの時間だ。お前は部屋に戻れ」

「おとぅさま、めっ、よ！」

「何故私が怒られなければならない」

「おかぁさま、わたちと、あしょんでるの！」

「もう遊びは終わりだ」

「ちがうのよ。じゅーっと、あしょぶの！」

「子供はもう寝る時間だ」

「まだ、おねんねのじかん、ちがうの！」

「生意気な奴め……」

テオ様にお姫様抱っこされたまま、二人のやり取りを見守る。ノアが萎縮《いしゅく》せずに会話できていることに二人の関係の改善が見られ嬉しくなった。

二人とも、父子らしくなっていっているのですわね。良かった……

このあと、また腹痛の波が来て私がトイレに駆け込んだことにより、この騒ぎは終息したのだが、乙女の大事ななにかを失った気がした。


数日後。

「イザベル様！　久しぶりねっ」

「皇后様、お久しぶりでございますわ」

私は今、久々に皇宮へやってきている。

なんと、本日は皇后様が注文してくださった新型馬車の納車日なのだ！

あれから新型馬車は試作を繰り返し、今では天井部分を開くこともできるようになり、さらに座席部分もより快適に過ごせるよう、バネの硬さを調節し、ソファ生地の肌触りもこだわったものへグレードアップしている。希望者には折畳み式の机を壁に付け、飲み物なども置けるようにした。

机をつけると片方の扉は使えないが、結局乗り降りする扉は決まっているのでそこまで不便は感じないだろう。もちろん皇后様の馬車は最新の仕様だ。希望により、折畳み式の机も付けている。そして、保温機能付タンブラーの注文も一緒に受けていたので、それも持ってきた。

「とうとうテオ様と同じ仕様の馬車に乗れるのね！」

「ボディカラーは、旦那様と同じ黒で、ご希望どおり屋根の部分は白にしておりますわ」

最先端のツートンカラーを取り入れた馬車はスタイリッシュで格好いい。テオ様は黒一色だが、それもそれで高級感がある。

「ありがとう！　早速見に行きたいのだけど、イーニアスと馬鹿朕も見たいって言っているのよ。二人が揃うまで少し待ってもらっていいかしら？」

「もちろんですわ。タンブラーは今ここにございますけれど、そちらも皆様が来られてからにしますか？」

「そうね。タンブラーは、馬鹿朕のも間に合ったの？」

「はい。馬車のように大きく複雑ではございませんので、問題ありませんわ」

金型を作るまでは苦労したが、できてしまえば、あとは量産できるのだから。

それにしても、皇帝一家に商品を届けるのってドキドキしますわ。皇后様もご家族の皆様も、気に入ってくださるかしら。

そんなふうに緊張しながら皇帝陛下とイーニアス殿下を待っていたのだけれど、その心配は杞憂《きゆう》だったらしい。

「こ、これは……っ、すごいのだー!!」

皇帝陛下が子供のように瞳を輝かせ、皇后様の新型馬車に駆け寄る。皇后様は「まるで大きな子供だわ」と呆れながらも、ニコニコと穏やかな目を陛下に向けていた。

愛情が伝わってきますわ。

「レーテ！　イーニアス!!　早く来るのだっ。この馬車の色、屋根の部分が違うのだぞ!!　格好いいのだ!!」

「ちちうえっ、もしかして、やねがへんけいしますか!?」

「なに!?　そ、それは格好いいやもしれぬっ」

男の子って変形するものが大好きよね。

テオ様も初めて見た時は、ウォルトと一緒にああでもないこうでもないと構造を話し合っていたわ。後日、職人を呼んで説明させていたほどだから、よっぽどなのよ。

「イザベル夫人！　屋根も開く仕様なのよね!?」

「もちろんオープンカー……いえ、屋根も開きますので、お試しください」

皇后様もお好きみたいだわ。

散々馬車の周りをうろついた三人は、次は中だと乗り込み、変形仕様の座席に大喜びしたかと思うと、今度は折畳み式の机を開き、拍手をしているではないか。

皇帝陛下なんて、変形をやっと見られたからか歓声まで上げて……、なんだかこっちまで嬉しくなってくるわ。

天井部も、最初は一部だけを開ける予定だったのだけど、新素材が柔らかさを自在に変えられることと、カラクリが大好きな馬車大工が大はしゃぎしたことにより、オープンカーのように屋根全体が開閉できるようになったものだから、テオ様も驚いていたのよね。

「ふおぉぉ!!　すごいのだ!!　天井がなくなったのだ!!」

「おそらがみえます！」

「あら、透明な素材も使用して二重になっているのね！　これも開くの？　素敵!!」

天井を開いた陛下たちが声を上げている。

事前に説明を受けていた皇宮の御者《ぎょしゃ》たちも、胸を張ってニコニコと皇帝一家のご様子を見守っていますわ。その気持ち、わかりますわよ。

ちなみに、天井部を二重にしたのは、空は見たいが風が入ってきて髪型が崩れるのは嫌だという女性も多くいるためだ。

「はぁ～……広い部屋よりも、馬車の中の方が落ち着くのだ……」

座席をベッドにして、イーニアス殿下とゴロゴロしながら呟く皇帝陛下に大きく頷きそうになる。

皇后様は寝転んだ二人を聖母のような目で見つめていた。

なんだかほっこりしてしまうわ。

「あれを用意していただけますかしら」

皇后様の侍女に、先程お願いしておいたものを持ってきてもらうことにする。侍女はすぐに指示したものをトレーにのせて運んできた。

「まぁっ、イザベル様、それはもしかして……」

皇后様がソレを見て、瞳を輝かせたあと私に視線を移す。

「はい。保温、保冷機能付タンブラーですわ。まだ残暑が厳しいので、本日は、フローズンドリンクをご用意しました」

透明な蓋を開けるとストローが出てくるこのタンブラーは、二重構造になっていて、温かいものは冷めにくく、冷たいものはその冷たさを保ってくれる優れものだ。

「『たんぶらあ』？　ふむ。不思議な型の筒……コップ？　なのか？」

「あっ、ノアに、みせてもらったことがあります！　それは、もっとちいさかったです！」

イーニアス殿下がおっしゃっているのは、ベルトホルダーに入れて持ち歩けるタンブラーのことだわ。

「小さなタンブラーとベルトホルダーもお作りしていますので、後ほどお見せいたしますわ」

侍女が折畳み式の机を開き、その机にフローズンドリンクの入った三つのタンブラーを置く。もちろん私は、馬車の外からその様子を見ているのだけど、なんだか馬車が秘密基地のようで微笑ましい。

「皇帝陛下はメロンがお好きと伺ったので、本日は、皇帝陛下にはメロン、皇后様には桃、そしてイーニアス殿下にはバナナのフローズンドリンクをご用意しております。どうぞお召し上がりください」

「うむ。……ところで、『ふろぉずん、どりんく』とはなんなのだ？」

「まぁ、ネロったら、今帝都で話題の飲み物を知らないの？」

「ちちうえ、『おもちゃのたからばこ』のカフェで、とてもにんきなのですよ」

「レーテもイーニアスも、何故知っておるのだ⁉　朕は知らぬぞ……ハッ！　まさか朕に内緒でお出かけしたのか？　そうなのか⁉」

二人だけでズルいのだ〜！　と悲しむ皇帝陛下を無視して、フローズンドリンクを味わう皇后様は、幸せそうなお顔をしていた。もちろんそのあと皇帝陛下もお飲みになり、大変喜ばれたのだが、そのあともずっと『おもちゃの宝箱』に行ってみたいと駄々をこねていた。

タンブラーとベルトホルダーは、他の皇子と皇女の分も皇帝陛下からご注文いただき、ついでに皇帝陛下の馬車の色も決まったところで、今回の納車はとりあえず一段落した。と思っていたのだが――

「ディバイン公爵夫人」

帰り際に皇帝陛下から呼び止められる。

「なんでございましょう。陛下」

「うむ、その、だな……えっと……」

皇帝陛下はもじもじとして、なかなか話さない。一体どうしたのだろう、と首を傾げていると――

「その……、イーニアスの誕生日に、朕はまだなにもしてやれていないのだ。だから……、イーニアスが喜びそうなものをプレゼントしてやりたいのだが、なにかいいものはないだろうか？」

そういうことか。皇帝陛下は洗脳時、イーニアス殿下の誕生日に自分がなにをしたのか、皇后様から聞いて気になさっていたのだろう。

　それなら、私が全力で協力してあげないと、ですわよね！

「まぁっ、それは素敵ですわ！　ちょうど良いものがございます！　ですがこれは、陛下にかなり頑張っていただかないといけないものですが、よろしいでしょうか？」

「ん……？　うむ。可愛いイーニアスのためだ。朕は頑張るのだ！」

　こうして私は、着々と皇帝一家のお抱え商人ポジションを確立していることに気付かないまま、皇帝陛下の相談を請負ってしまったのだ。


「――ディバイン公爵夫人、例のモノは持ってきてくれたのであろうな」

「フフフ……もちろんでございますわ、陛下」

「うむ。では、レーテとイーニアスが来ぬうちに、渡してもらおうか」

「かしこまりました。こちらが、例のものでございます」

「っ!!　こ、これが……っ。朕に、これができるだろうか……」

「説明書もございますし、丁寧にやればできますわ！」

「う、うむ。イーニアスのためなのだ。朕はやる!!」

　という、お代官様と越後屋《えちごや》のようなやり取りを皇帝陛下と交わした一週間後のこと。

「イザベル様、ここ一週間、あの馬鹿朕、ずーっと部屋に閉じこもっているのよ！　アタシが訪ねても、チラッと顔を見せてすぐ部屋に戻ろうとするの！　なにか怪しいのよね……」

部屋に閉じこもっている皇帝陛下を怪しんだ皇后様が、我が家にやってきてしまった。

「ま、まぁ、そうですの？　大粛清《だいしゅくせい》でお疲れなのかしら？」

「お疲れって……、アイツなにもしてないのよ？　ただ椅子にふんぞり返って指示を出すだけなんだから」

「し、指示を出すのも大変ですわ。浮気しているわけでもございませんし、部屋から出てくるまで、そっとしておいてあげてもよろしいのではないでしょうか？」

「……イザベル様、どうして馬鹿朕が浮気してないって思うのかしら？」

「え」

「まさかイザベル様……、馬鹿朕がなにをしているのか、知っているの？」

ば、バレてしまいましたわ。

このあと、皇后様に尋問され、あえなく話してしまった。

「……というわけで、皇帝陛下は今、イーニアス殿下のために一生懸命頑張っておりますの」

「もうっ、それならどうしてアタシにまで内緒にしているのよ！　アタシだって手伝えるのに‼」

「陛下は、一人でやりきって、イーニアス殿下を喜ばせたいのではないでしょうか。皇后様に内緒にしたのは、お忙しい皇后様の手を煩《わずら》わせたくないのと、よく頑張ったと褒《ほ》めてもらいたいからだと思いますわ」

「あの馬鹿朕……っ」

皇后様は好きな方に対してはツンデレを発揮するようですから、口ではこんなことを言っていますけど、本当は心配していらしたのよね。陛下には悪いことをしましたが、皇后様にご心配をおかけするわけにはいきませんもの。

「ですから皇后様、陛下には知ってしまったことをご内密にお願いしますわ」

「……ええ」

ハァと息をついて、安堵している皇后様が可愛らしいわ。

「ところで、馬鹿朕は一体、イーニアスになにをプレゼントする気なの？　一週間も閉じこもるなんて……」

「それは――」

◇　◇　◇

「ベル」

ベッドの真ん中で、すぴすぴと寝息を立てるノアを眺めていると、ソファでお酒を嗜《たしな》んでいたテオ様が、私の名前を呼んだ。

「どうかしましたの？　テオ様」

「こちらへ」

ノアに布団をかけ直し、ブランデーを飲んでいるテオ様へ近づく。

この間はウィスキーでしたし、蒸留酒がお好きなのかしら。

「ベル、そっちではなく、ここへ」

お隣に座ろうとしたら、腰を引かれて、いつの間にか膝の上に座らされていた。

「テオ様？」

「女性を膝に乗せ、酒を飲むと美味い、などと馬鹿なことを言っていた奴がいたが……ベルならば確かに酒を美味く感じるかもしれない」

「まぁ！　わたくし、娼婦ではございませんのよ！」

テオ様のお話は、酒場で娼婦を膝に乗せ、酒盛りをする輩《やから》のことに違いない。テオ様に、私を娼婦と一緒にするのかと怒っていると、「なにを言っている」と首を傾げられた。

「君を娼婦と一緒にするわけがない。ベルは私の妻だろう」

色っぽく微笑むテオ様に、溶けてしまいそうだわっ。

どうやらこの人は、「女性を膝に乗せ、お酒を飲むと美味しい」という言葉の『女性』を、妻や恋人のことだと思っているようだ。三十を過ぎてもそんな純粋なテオ様にキュンとしてしまった。

両思いになったとはいえ、恋愛初心者の私は、こういう時どうしていいかわかりませんのよ！

「……そういえば、君は陛下になにかしたのか？」

「へ？」

私の腰に片手を回し、もう片方の手で私の髪をいじっていたテオ様が、思い出したかのように問う。思わず、テオ様もなの!?　と昼間の皇后様を思い出した。

「陛下がここ一週間、部屋に閉じこもっていることは皇后から聞いたのだろう？」

「はい。存じ上げておりますわ」

「一週間前といえば、君が皇宮を訪問した時と重なる。原因は君にあるのではないか、と疑っている」

旦那様に疑われておりましたわ！

「ほ、ホホホ……、いやですわテオ様。わたくし、陛下に頼まれたものをお渡ししただけですのよ」

テオ様から顔をそらすと、ほっぺたを両手で挟まれて顔の向きを戻されてしまった。

「ベル、一体なにを渡した」

「ひょ、ひょれふぁ」

ほっぺたをつぶされて上手く喋《しゃべ》れないのだけど!?

「まさか……アレを渡したんじゃないだろうな」

「ひょの、まひゃかれしゅ……」

顔をブサイクにされる攻撃に耐えられなくなり、すぐに自白した私のほっぺたから手を離し、テオ様は呟く。

「アレは、ハマるととことんやってしまう恐ろしいものだ。君は陛下になんというものを渡してしまったんだ……」

テオ様、アレにハマって夜な夜な頑張っておりましたものね。

部屋から出てこない理由がわかったと片手で顔を覆《おお》い、溜め息を吐く旦那様。申し訳ありませんわ、と気持ちのこもっていない謝罪をしてさらに溜め息を吐かれたのは、ご愛嬌というものだろう。

　そうして、忙しく過ごしているうちに、皇帝陛下のことをすっかり忘れ、数日が経った。

「ついにできたのだ……っ。我ながら完璧なのだ!!　イーニアスもこれで喜んでくれるに違いない……っ。そうしたら、ちちうえ、ありがとうございます！　だいすきです!!　と言ってもらえるに違いないのだ。そして、レーテからも褒《ほ》めてもらえる……フフフ……」

　その夜、皇帝の部屋から不気味な笑い声が聞こえたと、後日テオ様から伺いましたのよ。後にこれは、皇宮七不思議として文献に残され、皇帝陛下の黒歴史だとは誰にも気付かれないまま、後世に伝わりますの。

ＳＩＤＥ　イーニアス

「本日は、グランニッシュ帝国の歴史についてお話しいたしましょうか」

「うむ。よろしくたのむ」

　わたしに、べんきょうをおしえてくれる、クリシュナせんせいは、ねんれいにひれいして、とてもはくしきだ。せんせいからは、もじのよみかきや、じしょのひきかた、けいさんのしかたも、おしえてもらった。きょうは、このくにの、れきしをおしえてくれるという。

「殿下は、このグランニッシュ帝国の初代皇帝陛下のお名前はご存知ですかな？」

「うむ！　アントニヌスこうていである！」

「そのとおりでございます。では、アントニヌス帝がなにを成したのか、ご存知ですかな？」

「このくにを、つくったかた、だから……うぅ……わかりません……」

「ホホッ、わからぬのは当然です。そのための授業ですからな。では、アントニヌス帝がなにを成した御方なのか、そこからお話しいたしましょうか」

　クリシュナせんせいは、むちなわたしにも、ニコニコとわらって、おはなしをしてくれたのだ。

「今から千五百年前、この国がまだ小さな国だった頃の話です。国の名はランスといい、肥沃《ひよく》な……とても豊かな大地と資源があり、穏やかな人々が暮らす平和な国でございました。しかし、そのランス国を我が物にしようと狙う国は多くありました。実際に、ランス国に隣接する全てが、欲に忠実な国だったのです」

「なんとおそろしい……っ」

「はい、恐ろしいことです。そのランス国の第一皇子としてお生まれになった御方こそ、グランニッシュ帝国の初代皇帝であらせられる、アントニヌス様でございました」

「なるほど」

「アントニヌス様はとても賢い御方で、当時問題になっていた河川の氾濫《はんらん》……川の水が溢《あふ》れ、家などが水浸しになってしまうことや、土砂災害……山や崖がくずれたりすることから、民を守るためにダムや堤防という、今では当たり前になっている事柄を提案され、治水事業に力を入れて、富める国をさらに住み良い国にいたしました」

「なんと……、アントニヌスていは、すごいかただったのだな」

「そうです。しかし、周辺諸国はアントニヌス様を脅威に感じてしまったのです」

「なぜなのだ？」

「アントニヌス様の頭の回転の速さや、一つの国だけが住みやすくなることを、他国は妬《ねた》ましく思ったのでしょう。そしてついに、ランス国へと侵攻を始めてしまったのです」

「そんな……どうして……？」

「ふむ……、イーニアス殿下も、お友達が自分の持っていないおもちゃを持って遊んでいたら、羨《うらや》ましいと思いませんか？」

　おもちゃ……、うむ。ノアがあたらしいおもちゃで、あそんでいたら……

「いっしょにあそびたくなるのだ！」

「ホホッ、独り占めしたいとは思いませぬか？」

　ひとりじめ？

「そんなのは、たのしくない。おもちゃは、みんなでいっしょにあそべるから、たのしいのだぞ！」

「そうですか。皆がイーニアス殿下のようなお考えを持っていれば、戦争は起こらなかったのでしょうが……。しかし、ランス国を囲む国々は、そうは思わなかったのでございます」

　クリシュナせんせいは、はなのしたの、しろいおひげをさわると、こまったようなおかおで、つづきをおはなししてくれた。

「その戦争でアントニヌス様のお父上であるマルクス様がお亡くなりになり、アントニヌス様はとても悲しんだと伝えられております」

「なくなったのか……。しょだいのきもちは、わかる。わたしも、ちちうえがいなくなるのは、いやだ」

「イーニアス!!」

そのときうしろから、ちちうえのこえがきこえて、ふりかえる。

「陛下、お静かにされると約束したはずです。イーニアス殿下は今授業中なのですから」

「しかしディバイン公爵！　イーニアスがあのように可愛いことを言うのだ!!　声が出てしまうのは仕方ないだろう？」

とびらのそばに、ちちうえと、ディバインこうしゃくがたっていたから、とってもおどろいた！

「ちちうえ！」

「おぉっ、イーニアス！　お勉強を頑張っているのだな」

てをひろげるちちうえに、だきつきたいけど、いまはおべんきょうちゅうなのだ……

クリシュナせんせいをみると、ニコニコしているけど、ちょっとこわい。

「陛下、授業が終わるまで、しばしお待ちくださいますように」

「う……、すまぬ」

ちちうえがひっこめてしまったてに、すこしだけ、ざんねんなきもちがするが、よいこうていになるためには、がまんしなければならないのだ！

「さて、どこまでお話ししましたか……」

「アントニヌスていの、おちちうえが、なくなったところまでです」

「そうでしたね」

「朕のイーニアス！　なんて賢い子なのだ!!　そう思うだろう、ディバイン公爵」

「はぁ……」

◇　◇　◇

「――ということで、今日はここまででございます。宿題は、アントニヌス帝が成したことを書き出してくること、そして周辺諸国が当時どのような状況であり、何故開戦に踏み切ったか、調べて次回レポート提出をお願いいたします」

「はい！」

「イーニアスには少し難しくはないか!?　いくら賢いといってもまだ五歳なのだぞ!?」

「陛下、授業内容に口出ししないという約束です」

「ぅ……」

ちちうえはむずかしいというが、わたしはじもよめるし、としょかんもあるから、しらべることもできる。だからだいじょうぶなのだ。

「それでは殿下、そして陛下、ディバイン公爵、これで失礼いたします」

「はい。ありがとうございました」

「うむ。ご苦労だった」

クリシュナせんせいが、へやからでていく。ちちうえをみると、てをひろげていたので、いきおいよくとびついた。

「ちちうえ！」

「イーニアス!!　可愛いっ、賢いっ、よく頑張ったのだ!!」

「わたしは、たくさんおべんきょうをして、りっぱなこうていになります！」

「うむ！　イーニアスならば、朕のあとを継いで立派な皇帝になれるのだ!!」

「それで、こうていになったら、うみにでて、かいぞくのおうさまになります!!」

「うむ！　立派な夢……ん？　海賊って言った？」

ノアといっしょに、ぼうけんのたびに、でるのだ！

「陛下、アレを殿下にお渡しするのではなかったのですか？」

「ハッ！　そうであった!!　イーニアス。朕はまだ、そなたに誕生日のプレゼントを渡していなかっただろう」

ちちうえが、わたしをだっこしたまま、へやをあるき、ソファのまえでとまると、わたしをそこへおろす。

「朕が、イーニアスのために作ったものを、受け取ってくれるか？」

「っ!?　はい！　プレゼントを、くださるのですか？」

「うむ。とっておきのものなのだ！」

ちちうえのじじゅうが、りょうてではこをかかえ、そばにやってきた。

「さぁ、開けてみるのだ！」

「はい!!」

わたされたプレゼントのはこを、どきどきしながらあける。なかにはいっていたのは……

「おふねだ!!　えほんの、かいぞくせんだ!!」

わたしのりょうてよりもおおきな、だいすきなえほんのかいぞくせんが、はこのなかからでてきたのだ！

「ちちうえ！　ちちうえ!!」

「うむ！　朕が作ったのだぞ!!　組立式模型という、『おもちゃの宝箱』の新商品なのだ！」

「すごい！　すごい！　わたしが、もらってもよいのですか!?」

「もちろんなのだ！　イーニアスのために作ったのだからな」

すごい……っ、わたしのちちうえは、すごいのだ!!

「ちちうえ！　だいすき!!」

「朕も大好きなのだぞ……っ」

ちちうえは、わたしをぎゅうっと、だきしめてくれた。

◆　◆　◆

本日は、テオ様との久々のお茶会。

そこでテオ様から、皇帝陛下の組立式模型は、天才的な出来だったと教えていただいた。

「陛下は、皇帝業よりも模型製作の方に才能があるのかもしれない。細かいところの傷や汚れなどもリアルに描かれていた……」

そうおっしゃっていたので、イーニアス殿下も喜んでくれたに違いないわ。

「サプライズが成功して良かったですわ。皇后様がとても心配なさっていたので、組立式模型を渡すべきではなかったかも、と少し後悔しておりましたのよ」

皇后様、皇帝陛下の私室の扉をぶっ壊そうかしら……と呟いていましたもの。

「まぁ……、模型にハマッてしまったようだから、良かったかと言われると肯定しかねるが……」

やはりハマッてしまわれたのね。皇后様、申し訳ありませんわ。

心の中で皇后様に謝罪し、苦笑いを浮かべる。

「ですが、イーニアス殿下が学ばれていることは、随分高度なのですね」

「そうだろうか？　私もあの年齢では、同じようなことをしていたが？」

え!?　私、前世も今世も野っぱらや山を駆け回っておりましたわよ!?

「グランニッシュ帝国史は、確かアカデミーで学ぶものではございませんか？」

アカデミーとは、帝都にある王侯貴族の子息たちが通う学校のことだ。

十三歳から十八歳までの子息たちが、貴族社会で必要な知識や能力を身につけるために通う場所で、弟のオリヴァーも在籍している。

「王侯貴族ならば、アカデミー入学前に基礎は叩き込まれるものだ。そろそろノアも本格的に学ばせなければならないだろう」

「そうなんですの!?」

「……女性はアカデミーには入らない者が多いからな。だが、ウォルトから、君の知識は多岐にわたると聞いていたが？」

私は前世の記憶のおかげで計算もできましたし、記憶が戻る前は母から教わって、文字はわりとすぐ覚えたのよね。前世では小説を読むのが趣味だったけれど、今世には小説なんてほとんどなくて、代わりに実家と公爵家の図書館にあった歴史書を読み漁りましたけれど……

「わたくしは読書が趣味ですので、広く浅くの知識ならばあるかもしれませんが……」

「そういえば、貴族名鑑も寝る前に読んでいたな」

「貴族名鑑と歴史書、それに地図をセットで読むと面白いんですのよ。各家の色んな背景が分かりますの。商売にも役立ちますし」

「君が男なら、今頃は文官として活躍していたかもしれないな」

テオ様はそう言って微笑むが、私は女性に生まれて良かったと思っておりますわ。

「わたくしが男だったなら、テオ様の妻にはなれませんでしたわね」

「それは……困る。ベルがいなければ、私はもう……生きていけない」

やっぱり女性で良かったですわ。こんなテオ様を見ることもできますもの。

テオ様の腕に包まれクスクス笑っていると――

『ねぇねぇ、テオの前に置いてあるチーズクッキー食べてもいい？』

『ソレ、アカ、ネラッテタ！』

『チガウ、アオ、ネラッテタ!!』

いつの間にか旦那様のことを愛称で呼んでいる妖精たちが、クッキーで喧嘩を始めているではないか。

「好きにしろ」

テオ様は自分の前に置いてあったお皿を、妖精たちの方へずらす。すぐに妖精たちが群がり、口に運び始めた。

『あれ？　あんまり甘くない……でも美味しい！』

『コレハコレデオイシー！』

『アオハ、アマイホウガスキ!!』

あら？　今気付いたのだけど……

「アカとアオ、なんだか少し大きくなっていませんか？」

正妖精の肩に乗っているアカとアオが、ひと回りくらい大きくなっている。

「言われてみれば……？」

テオ様の反応はイマイチだが、絶対大きくなっている。

『最近はお菓子もご飯も、おもちゃも充実していて楽しいからさ！』

『アカ、シアワセカンジル、オオキクナル！』

『アオ、タノシイカンジル、オオキクナル!!』

「まぁ、そうでしたの……でも、横にも大きくなっているような気がするのは、気のせいかしら？」

『……』

『ベル、キノセイ！』

『ヨコニヒロガル、ナイ!!』


甘いものの摂取を控えさせた方がいいように思えてきましたわ。


「そういえばイーニアス殿下から、ノアに模型を見せたいとお誘いがあった。大丈夫であれば、明日にでも皇宮を訪問してもらいたいのだが」

「わかりましたわ。ノアもきっと喜びます。……あ、そうですわ！　テオ様、ノアたちが遊んでいる間、皇宮にある図書館に行ってみたいのですが、よろしいでしょうか？　歴史書を読んでみたいのです」

「ああ。陛下に伝えておこう」

「ありがとう存じますわ！」


子供たちが遊んでいるところを見るのも好きだけど、折角だし、皇宮の図書館にも行ってみたかったのよね！

翌日、イーニアス殿下に会えると喜んでいるノアとともに、早速皇宮を訪れた。

「ノア！　まっていたぞ！」

「アスでんか！」

　相変わらず仲良しの二人は、つい先日も遊んだというのに、まるで一ヶ月は会えなかったように喜び合っている。

「ノア、ちちうえが、かいぞくせんを、つくってくれたのだ！」

「しゅ、すごい！　みたいです！」

「うむ！　ノアにだけ、とくべつにみせてやろう！」

「フフッ。わたち、とくべちゅ、ね」

「とくべつなのだ！」

　あらあら、可愛い～!!　とくべつ、ですって！

「こっちだ。ねむるときにもみられるように、ベッドのそばにおいているのだ」

　そう言って、海賊船の模型を見にいくノアとイーニアス殿下を見送り、あとはカミラと殿下の侍女に任せることにした。

「図書館に行きたいのだけど、大丈夫かしら？」

「はい。皇帝陛下より、図書館の使用許可は下りておりますので、ご案内いたします――」

　皇宮図書館。そこは皇族だけでなく、皇城で働く文官や武官、貴族たちが閲覧申請し、許可が出れば使用できる比較的オープンな図書館だ。とはいえ、それは表向きの話である。皇族も使用する場所だけあり、一般貴族は使用目的、家族構成などを厳しく審査され、通常許可が下りるのは申請からひと月以上先。もちろんその前に、皇宮に入宮するための手続きなども必要なので、実質使用しているのは一部の文官と皇族のみである。今回、私は皇帝陛下から直接許可をいただいたため、色んな手続きをスルーできたわけだ。

持つべきものは権力者のコネよね。

皇宮内の入口近くに建つ図書館は、イーニアス殿下の宮からは遠く、馬車移動となる。

そういえば、イーニアス殿下は自分の宮に専用の図書室があるらしい。ノア専用の図書室もそろそろ作るべきなのかしらね。

図書館に入ってすぐ目につくのは、細かな装飾が施されたマホガニー材の太い柱たち、そして、通路の真ん中に飾られた初代皇帝アントニヌス様の石像だ。さらに、床から天井までを埋め尽くす蔵書や地図、木板の数々は壮観で、図書館というよりも美術館に近い雰囲気だ。まるでオーストリアの国立図書館のようだ、と前世インターネットで見た画像を思い出す。

「ディバイン公爵家の図書館もすごかったけれど、こちらはまた、全く異なる趣《おもむき》と広さだわ……」

迷子になりそうだ、と思いつつ、図書館を見回す。

「装丁の凝《こ》った本ばかりあるのかと思っていたけれど、地図や木の板もあるのね……」

「あちらの木の板は、まだ本として纏《まと》められていないものでございます。羊皮紙や植物紙のない時代に使用されていた貴重な資料としても展示されております」

「そうですの……かなりの数がございますのね」

司書の話を聞きながら、たくさんの木板や地図に口を開けたまま見入ってしまう。

「ディバイン公爵夫人、ご希望の歴史書は、こちらの棚からあの奥までの一列に並んでおります」

「まぁ……歴史書だけでも大量にございますのね……」

「なにせグランニッシュ帝国史だけでも千五百年分ございますし、ランス国だった頃からとなると、気の遠くなるような数になります」

司書の言葉にそうよねと頷く。グランニッシュ帝国史のアントニヌス帝時代について知りたいのだと言うと、司書は大量にある本の中から、三冊選んでくれた。

さすが司書だけあって、本を知り尽くしているのだわ。

「ありがとう」とお礼を言い、机の上に本を広げる。

「……アントニヌス帝の乳母《うば》の日記と、こっちはグランニッシュ帝国建国までの概要が書かれた本、こっちは……皇族の歴史……。まずは、乳母《うば》の日記から読んでみようかしら」

◆
◆
◆

【ランス歴三六五年、八月一日】

王妃様に、待望の第一子である、王子様が誕生された。

赤髪に金色の瞳を持つ、利発そうなお子様だ。

アントニヌス様と名付けられた王子様を、私がお世話できるなんて夢のようだ。

【ランス歴三六五年、十二月二十日】

王子様の首がすわり、手足をバタバタさせることが増えた。

お乳もたくさん飲んでくれるので安心だ。

もうすぐ寝返りをうってくれるかもしれない。

きっとすぐお喋《しゃべ》りするようになるのだろう。

楽しみだ。


【ランス歴三六七年、一月二十一日】

王妃様に第二子が生まれた。

王妃様に似た銀髪に、アイスブルーの瞳が美しい王子様だ。

しかし、王妃様の体調が思わしくないらしい。

アントニヌス様はもうすぐ二歳になるが、城の様子がいつもと違うとわかっているのか、夜泣きが酷かった。

神様、どうか王妃様がお元気になりますように。

【ランス歴三六七年、一月二十二日】

王妃様が亡くなられた。

第二王子様をお産みになったあと、血が止まらなかったそうで、アントニヌス様が酷く泣いていらしたあの時に、息を引き取られたそうだ。

アントニヌス様は、王妃様がお亡くなりになったことを、知っていらしたのかもしれない。

【ランス歴三六七年、二月十八日】

やっと第二王子様の名前が決まった。

ウェルス様と名付けられた。

アントニヌス様はウェルス様が大好きのようで、ウェルス様のお眠りになっているお顔をじっと見ていたり、触ったりして、ニコニコと笑っている。

国王様も、早くお元気になるといいのだけれど。

【ランス歴三七〇年、四月十六日】

王様が婚外子を王城に連れ帰った。

生まれたばかりの乳飲み子だ。

王妃様が亡くなってから、二年後に出会った平民の女性との間に生まれた子供だとか。

黒髪に金色の瞳の、可愛らしい王子様だ。

女性は、愛妾として離れに住むらしい。

「え……、アントニヌス帝の兄弟は、ディバイン公爵家を興《おこ》したウェルス様だけじゃなかったんですの？　婚外子って、そんな話、聞いたことないですわよ――」

◆
◆
◆

SIDE　テオバルド

「陛下、隣国リッシュグルスより書簡が届いております」

最近配属された皇帝付きの侍従が、陛下の執務室に急ぎの様子で訪れた。大粛清《だいしゅくせい》で人員が不足していたとはいえ、皇帝の侍従の質を落とすわけにはいかない。そのため我が家の優秀な使用人を陛下付きにしたのだ。その侍従が恭《うやうや》しく差し出したトレーには、豪奢な飾り紐で巻かれ、その上から封蝋《ふうろう》をした巻物がある。

「リッシュグルス国からだと？　なんなのだ？」

眉をひそめた皇帝は、私を横目で見たあと、恐る恐る巻物の紐を解いた。内容をじっくり眺め、顔を上げて口を開く。

「……ひと月後に訪問したい、とのことだ。随分と急なのだな」

「訪問場所は帝都ですか？」

リッシュグルス国とは、さほど交流がない。急に訪問したいなど、なにかあったのだろうか……

「うむ。帝都……ん？　帝都と、ディバイン公爵領も訪問したいと書かれているのだ」

なんだと？

◆　◆　◆

「リッシュグルス国の使者が、ディバイン公爵領を訪問ですか⁉」

皇宮図書館で衝撃的な内容の本を読み終えた私は、遊び疲れて眠ってしまったノアとともに帰路についた。そして夜遅くに邸《やしき》に帰ってきたテオ様から、またもや衝撃的な話を聞かされたのである。

「ああ……、粛清《しゅくせい》直後で国内がゴタゴタしている今、隣国の視察など、当然断る一択なのだが……」

テオ様は眉間に深い皺《しわ》を刻み、言葉を切る。

「お断りできないなにかがあるのですか？」

「……リッシュグルスで王太子が代わったそうだ」

グランニッシュ帝国は大国なので、リッシュグルス国の新たな王太子が直接挨拶に行きたいと言っているらしい。

「リッシュグルス国の王太子殿下は確か、第一王子だったはずですが、なにかあったのでしょうか？」

「第一王子が病にかかったため、第三王子が立太子したようだ」

「第三王子？　第二王子ではなくて、ですの？」

「第二王子は側妃の子供だ。継承順位は正妃の子供である第三王子が上になる」

　側妃……。王族って本当に、一夫多妻制が多いですわね……。皇后様には申し訳ないですが、私だったら王族には絶対嫁ぎたくないわ。テオ様を他の方と共有だなんて、考えただけでしんどいですもの。まぁ、今は皇帝陛下も全ての愛妾、側妃と離縁されて、皇后様一筋ですけれど。

「一国の王太子が挨拶に来ようとしている以上、お断りするのは難しいということですのね」

「そうだ。私が帝都にいるので、ディバイン公爵領への訪問を断ることも考えたが、帰り道に勝手に立ち寄ったりしたら、なにが起きるか予測ができない」

「そうですわね。通り道だと言われたら、こちらはなにも言えませんわ」

　だから、お話を受けるしかないということですか。

「ベルはなにもせず隠れていてほしいが、そういうわけにもいかないのでな……。公爵夫人として、数日王太子一行をもてなしてほしい」

　あら、テオ様がとても不本意そうですわ。

「わたくし、公爵夫人として精一杯おもてなしいたしますわ」

「いや、できれば私といる時以外、王太子には近付かないでほしい。君は美しいから……その、とても心配だ」

「テオ様……っ」

もう……っ、テオ様デレすぎですわよ！

急なデレに、真っ赤になった顔を手で覆《おお》っていると、テオ様はゴホンッと照れ隠しのような咳をして、「ベル……、初の皇宮図書館はどうだった」と聞いてきた。

助かったわ。このままではメロメロになるところでしたもの。

「そうでした、テオ様にお聞きしたいことがございましたの！」

「なんだ？」

「初代皇帝のアントニヌス様のことなのですが、ウェルス様の他にも弟君がいらっしゃったことはご存知ですか？」

「ウェルス様の他に、弟だと……？」

思いもよらないことを聞いた、というような表情でテオ様が先を促《うなが》す。

「実は、アントニヌス帝の乳母《うば》の日記を読んだのです……。そこに、アントニヌス様には、ウェルス様の他に、腹違いの弟君がおられたと書かれてありましたの」

「乳母《うば》の日記だと？　そんなものが皇宮図書館にあるなど聞いたこともないが……。なにかの間違いではないのか？」

「いえ、歴史書の書棚から、司書が三冊選んでくださいましたの。その中に、乳母《うば》の日記があったのですわ」

「司書が……？　もし、それが事実ならば、その腹違いの弟とやらは何者かに千五百年の間、存在を隠匿《いんとく》されていたということになる」

隠匿《いんとく》!?

「わたくしが日記を読んだ限りでは、婚外子であったその弟君は、王宮の使用人にあまりいい扱いをされていなかったようなのです」

「婚外子……」

「第三王子の母君は、庶民だったようです。正妃様はお亡くなりになっておりましたが、やはり庶民だったせいか妃とは認められなかったようで、愛妾として王宮に入られたのだそうですわ」

「愛妾の子供とはいえ、存在を隠匿《いんとく》されるほど疎《うと》まれた理由はなんだ？」

「王宮の使用人は貴族ですから、庶民の女性に仕《つか》えることが耐えられなかった、だからそのお子様にもきつく当たった、と書いてありましたが……それでも国王の子供ですし、国王は愛妾も第三王子も大切になさっていたようです。なので、隠匿《いんとく》するとしたら、考えられるのはアントニヌス様か、ウェルス様ではないかと……」

推測にはなりますが、と言い、テオ様を見る。

「……一度その日記を見てみたい。念のため、ベルも付いてきてくれるか？」

「かしこまりましたわ――」

翌日、テオ様と皇宮図書館に行ったのだが……

「乳母《うば》の日記が、見当たらないですわ……」

昨日見た三冊のうち、二冊は存在するのだが、乳母《うば》の日記だけがいくら探しても見つからなかったのだ。もちろん司書にも聞いたのだが、そのような本は見たことがありません、と言われてしまう。

「そんな……、昨日いらっしゃった司書はどちらにいますの？　その方に聞けばわかるはずですわ。だって、その方がわたくしに選んでくださった本ですもの」

深刻なお顔をなさっているテオ様の隣で、司書に必死に訴える。

「その司書の特徴を教えていただけますか？」

「特徴……、確か黒髪で、瞳は金色、二十代前半くらいの男性でしたわ」

昨日の司書の姿を思い出しながら、女性の司書に伝える。

「あの……、そのような司書はこちらにはおりませんが……」

なんですって……？

「いない……？」

「はい。この図書館で働く司書に二十代の男性はおりません。ここには、男女どちらも四十歳以上の者しかおりませんので……」

では、私に本を選んでくれたあの司書は誰ですの……？　皇宮図書館にもとても詳しいようだった……

「黒髪……、金色の瞳……？」

待って。その特徴、アントニヌス帝の弟君——第三王子の特徴じゃ……っ。

「ベル？」

テオ様の声で我に返る。

「テオ様……、わたくしの話を、聞いてくださいますか？」

「もちろんだ。皇城の私の執務室へ行こう」

馬車で皇城へ移動する最中、テオ様はずっと私を抱きしめてくださっていた。


「——楽にするといい」

初めて入った皇城のテオ様の執務室は、ディバイン公爵邸と同じようにシンプルで、余計なものが置かれていない。

こざっぱりしているのに高級感があるのは、テオ様自体が最高級の男性だからかしら。

ソファに座ると、隣にテオ様がぴったりくっついて座り、私の頬を撫《な》でる。

「テオ様……、図書館でのお話ですが……」

「ああ。昨日君を案内した司書と、乳母《うば》の日記か」

「はい。……もしかしたら昨日の司書は、アントニヌス帝の弟君である、第三王子のアベラルド様だったのではないかと思いましたの」

そう言うと、テオ様は一瞬目を見開き、すぐ眉間に皺《しわ》を寄せる。

第三王子は千五百年前の人間で、私だってそんなことはあり得ないとわかっているわ。けれど……

「わたくしがおかしなことを言っているのはわかっておりますの。でも、妖精や悪魔がいる世界ですわ。もしかしたら……『幽霊』もいるかもしれません！」

すごく怖くて、泣きそうだけど、私、心霊体験をしたのではないかと思っております！

「は？」

「あの司書は千五百年前の亡霊で、真実を知ってほしくて現れたのではないかと思いますの！　悪魔が千五百年生きてきたのですから、幽霊が千五百年図書館にいることなどわけもない話ですわ！　滅茶苦茶怖いですけれど!!」

「待て、ベル。そこは……もっと違う考え方ができそうな気もするが……？」

「違う考え方、ですか？」

少し呆れたような顔で私を見るテオ様に、首を傾げる。

「そんな君も可愛いが……ゴホンッ。……たとえば、第三王子が悪魔と同一人物ではないのか、とか」

「第三王子が悪魔……？　あり得ませんわ。だって第三王子は、『治癒能力』を持つ方だったのですよ」

「治癒能力？」

「聖女……いえ、『聖者』なのですから、悪魔になるわけございません！」

「なんだと……？　聖者……」

乳母《うば》の日記には、アントニヌス帝は炎の力を、ウェルス様は氷の力を、そして第三王子は治癒の力を授かったと、そう書かれていましたわ。

「ベル……っ、君は前に言っていただろう。妖精から、悪魔は元は綺麗な魂《たましい》の人間だったと聞いた、と！」

「あ……っ、でも、そんな……っ」

〝悪魔は元々綺麗な魂《たましい》の人間が転じたものだから〟

確かに妖精はそう言っていたけれど……、あの司書は幽霊じゃなくて、悪魔でしたの――!?

そのあともテオ様と話をしたが、司書が悪魔だったのか、悪魔の正体はアントニヌス帝の弟君の第三王子なのか、仮にそうだとしたら何故、私に乳母《うば》の日記を見せたのか、結局なにもわからないままだった。

そうこうしているうちに、隣国の王太子一行が帝都を訪問する日が迫ってきた。テオ様は帝都に残り、私たちは領地で王太子一行をお迎えする準備のため、一足先にディバイン公爵領に帰ってきた。

久々の領地で、馬車を領民に囲まれているのだけれど……前もこんなことありましたわよね？

「奥様～!!」

「イザベル様～!!　お帰りなさいませ～!!」

「奥様～！　イルミネーションの街路樹、最高でーす!!　おかげでプロポーズが上手くいきましたー!!」

「いただけるお給金が増えましたー！」

「仕事にありつけました!!　ありがとうございまーす!!」

あら、プロポーズ上手くいって良かったですわね。お給金も上がって、お仕事も見つかって良かったですわ。

「奥様、大人気ですね～」

「おかぁさま、にんき！」

「さすがは奥様でございます」

カミラとノア、そしてミランダがそれぞれ褒《ほ》めてくれることにむず痒《がゆ》さを感じるが、悪い気はしないわ。

やっと領地の邸《やしき》に着いた時には、護衛と御者《ぎょしゃ》、馬までがヘトヘトになっていた。可哀想なことをしたと思ったけれど、領民たちは笑顔で溢《あふ》れていたので許してもらおう。

「ノアも移動で疲れたでしょう。お部屋で休みなさい」

「おかぁさまと、いっしょ、ねんねしゅるのよ」

タウンハウスでは毎日一緒に眠っていたから、ノアは当然私も一緒に眠ると思っているのね。

「そうね。いつも一緒にねんねしていたものね。今日はお母様のお部屋でねんねしましょうか」

「奥様、旦那様からこちらの邸《やしき》でも夫婦の寝室を使われるように、と言《こと》づかっております」

ミランダに言われ周りを見ると、「準備はできております！」と他の使用人から生温《なまあたた》かい目を向けられた。テオ様がおそばにいないのに何故か恥ずかしくなったわ。

◇◇◇

二週間後——

とうとう隣国の王太子一行が、ディバイン公爵領を訪れた。

テオ様専用の黒い新型馬車からはテオ様が、そして後ろのゴテゴテと装飾された旧型の馬車からは隣国の王太子と第二王子が降りてくる。王太子の年齢は三十歳過ぎで、テオ様と同じくらいと聞いている。身長は高くないらしく、護衛たちに囲まれているせいで姿が全く見えない。私は久々のテオ様と、王太子一行にドキドキしながら背筋を伸ばす。

「ベル……、イザベル、今帰った」

テオ様は一瞬蕩《とろ》けるような瞳をなさったが、後ろの王太子一行の手前、いつものように抱きしめることはなく、お戻りの挨拶だけをなされた。

「お帰りなさいませ。旦那様」

「ああ。ジェラルド王太子殿下、ユニヴァ第二王子殿下、我が妻イザベルです」

後ろを向き、王太子一行に話しかける旦那様に少しの寂しさを感じながらも、きちんとお出迎えしなくては、と心の中で気合を入れる。ノアはまだ四歳なのでお出迎えは控えた。粗相があってはいけないので、とは表向きの理由で、本当は、マンガで戦争になる隣国のことを信用できなかったからだ。

だってノアが粗相をするはずないもの。

カミラには、ノアを王太子一行に近付けてはいけないと伝えている。

「おおっ、あなたが女神……っ。いや、ディバイン公爵夫人！　噂に違わずお美しい！」

生まれてからこの方、太陽の下に出たことがないのではと思うほど肌が白く、鏡餅のようにふっくらとした男性が旦那様の後ろから顔を出す。

まぁ……っ、なんて……なんて、触り心地の良さそうなモチモチ肌なのかしら!!　王族だからなのか、お肌の手入れもきちんとされていて、素晴らしいキメの細かさだわ！　マシュマロ……、つきたてのお餅……、歩く度にポヨポヨと揺れるお腹、そんなぷにぷにした身体と、円《つぶら》な瞳、そして小さなお鼻とお口。成人しているはずなのに私よりも小さな背。多分、一五五センチくらいよね。

この方が、隣国の王太子!?　可愛らしいゆるキャラじゃない!!

「ジェラルド王太子殿下、ユニヴァ第二王子殿下、お目にかかれて光栄です。ディバイン公爵の妻、イザベル・ドーラ・ディバインと申します」

「こちらこそ、お目にかかれて光栄です！」

あら？　王太子なのに、随分と腰が低い方だわ。

「ディバイン公爵夫人の評判は聞いています！　ずっとお会いしたいと思っていました!!」

「評判……ですか？」

隣国で私のことが噂になっているんですの!?

「女神……いえ、ディバイン公爵夫人の絵本は我が国でも人気なのです！　とはいえ、数が限られた貴重なものなので、絵本自体は王家と一部の貴族しか手に入れられませんが、歌劇になって幅広い層に広まっています」

ぷるんとお腹とほっぺを揺らしながら、嬉しそうに話す王太子殿下は、旦那様と同年代とは思えないほど可愛らしい。

「ジェラルド、あまり夫人を困らせてはいけないよ」

「兄上」

そしてユニヴァ第二王子。サラサラの金髪に碧眼《へきがん》の男性で、三十代とは思えないくらい若々しい

方だ。この人こそが王太子ではないかというほど王子様然としており、女性を虜《とりこ》にするだろう甘いマスクと美声をお持ちだ。

妖精通信で皇后様から聞いてはいたけれど、本当に白馬に乗って現れそうなザ・王子様ですわね。もちろんテオ様の方が素敵ですけれど。

「はじめまして。ディバイン公爵夫人。リッシュグルス国第二王子のユニヴァと申します」

まぁ、スマートな身のこなしもさすがは王子……って、え、ちょっと……っ。

ユニヴァ王子はなにを思ったのか、私の手の甲へ唇を近付けてきたではないか。手を引っ込めようとするが、掴まれて動かせない。

その時――

「ユニヴァ第二王子殿下。申し訳ないが、イザベルは私の妻だ。貴殿の国ではどうか知らないが、我が国では既婚者に異性が触れることは良くは思われない。自重していただけるか」

テオ様が私を後ろに隠し、第二王子を牽制《けんせい》したのだ。

「……フッ。これは申し訳ない。どうやらディバイン公爵は愛妻家のようだ」

「兄上、当たり前です。女神を奥方にされたのですよ！　愛妻家になるに決まっています！」

「ハハッ。そうだね、ジェラルド。ディバイン公爵夫人の美しさは、聞きしに勝る」

なにかしら、あのねっとりとした視線……。王太子は可愛らしいのだけど、第二王子は癖がありますわね。

「お二人を滞在される部屋に案内してくれ」

テオ様はさっさと二人を部屋に押し込める気でいるのか、使用人にそう指示をして私の腰を抱く。

そして――

「それでは晩餐《ばんさん》までお寛ぎください」

と言い放って歩き出したではないか。慌ててお二人に頭を下げ、引きずられるようにしながらテオ様についていく。

「テオ様？」

「ベル、やはり君は彼らのもてなしをしなくていい」

「え？　ですが……」

「すまない。私が耐えられない」

そう言うと、テオ様は突然歩みを止め、振り向いた。

「ベルには、他の男を見てほしくない」

「テオ様……」

もしかして、ヤキモチをやかれているのかしら？

「私は……、すまない。冷静ではないようだ」

テオ様は片手で顔を覆《おお》い、ハァと大きく息を吐いた。

「長距離の移動でお疲れなのですわ。お部屋でお休みになってください」

「……そうだな。晩餐《ばんさん》まで、ベルの膝枕で休むとしよう」

「ひざ、まくら……？」

ポカンとしてテオ様を仰ぎ見る。微かに口の端を上げる旦那様は、上機嫌で私の腰を抱き、寝室へと足早に移動した。

……お酒、飲んでおりませんわよね？

膝枕をして頭を撫《な》で、サラサラの髪の触り心地に幸せを感じているうちに、いつの間にか眠ってしまったテオ様。私に気を許してくださっているのだと思うと、自然と頬が緩んでしまいますわ。

野良猫がやっと懐いたような、そんな嬉しさを感じる。

「お疲れでしたのね……」

テオ様の身体にかけたブランケットを整えながら、安心しきって眠る旦那様を眺める。寝顔もノアにそっくりで可愛らしい。

「今日から一週間、夜はノアと一緒にお食事できないのよね……。ハァ……憂鬱《ゆううつ》ですわ」

王族との晩餐《ばんさん》のことを考えると気が重くなる。そこにノックの音がして、ウォルトが顔を出した。

「奥様、旦那様は……。失礼いたしました。また時間をおいて参ります」

「あら、なにかありましたの？　わたくしでも良ければ話を聞きましてよ」

「よろしいのでしょうか？」

膝枕で眠る旦那様をチラリと見て、困ったように眉尻を下げるウォルト。

「あなたも長距離を移動して疲れたでしょう。気になることは部下に任せて休みなさい」

「いえ、他国の王太子御一行に失礼があってはいけませんので……」

確かにウォルトでないと判断できないこともありますわよね。

「そう……。では、さっさと終わらせてゆっくりしなければなりませんわね。それで、なにがあったのかしら？」

「それが……本日の晩餐《ばんさん》ですが、第二王子殿下が、ノア様も是非ご一緒に、とおっしゃっております」

「なんですって⁉」

紹介していないのに、どうして突然ノアを晩餐《ばんさん》に？

「先程、裏庭の遊具をご覧になった王子殿下が、子供がいるのかとおっしゃいまして……、使用人がノア様のことを話してしまったようなのです」

考えが顔に出ていたのか、ウォルトがそう教えてくれる。

それは……使用人を責めるわけにはいかないわ。王子様に質問されて嘘をつくわけにはいかないものね……

「仕方ありませんわ……。わたくしが第二王子殿下とお話しして参りますわ」

とはいえ、王子殿下の申し出をお断りするわけにはいかないから、幼い子供が粗相をしてもお目こぼしいただくようお願いするしかないわね。

「いえ、奥様にそのようなことをさせるわけには参りません！　やはり旦那様に」

「旦那様はお疲れのようですし、晩餐《ばんさん》のことですから早い方がいいでしょう」

「ですが……」

ウォルトは旦那様をチラチラ見ながら、額の汗をハンカチで拭った。

「……では、私もご一緒します」

「――ユニヴァ第二王子殿下」

庭園を散歩していた王子に声をかける。

「おや、ディバイン公爵夫人も庭園の散歩ですか？」

甘いマスクで微笑む王子は、前世なら確実にモデルかアイドルとして成功し、黄色い声を上げられる人生を送っていただろう。いや、今世でも常に黄色い声を上げられているかもしれない。

「いえ、ユニヴァ第二王子殿下を探しておりましたの」

「私をですか？　美しい御婦人に探してもらえるなど光栄ですね」

女性慣れしているようだけど、目が冷めている気もしなくもないのよね……

「……わたくしの息子のことでお話がございますの」

「ああ、もしかして晩餐《ばんさん》にお誘いした件ですか？　公子はまだ幼いと聞いています。一人で食事させるのは可哀想ですからね。是非一緒にいかがですか？」

「お気遣いありがとう存じますわ。ただ、息子はまだ四歳ですので、なにか粗相があってはいけませんし……」

「ハハッ。子供の粗相など、あったとしても問題にはしませんからご安心ください」

「第二王子殿下はよろしくても、王太子殿下にご迷惑になりませんか？」

「ジェラルドは子供好きですから、喜びますよ」

粗相にお目こぼしいただけるならと了承し、立ち去ろうとしたのだが――

「ディバイン公爵夫人がこちらの領地に嫁がれてから、領地の発展が著《いちじる》しいそうですね」

話が続いて、逃げられなくなった。ウォルトがフォローしようとするが、他国の王子に使用人が話しかけることはできないので、視線で押しとどめる。

「ディバイン公爵領が発展しているのは、旦那様や領地の民が頑張っているからですわ」

「謙遜《けんそん》ですか？　それとも、あなたが関わっているという事実を隠したい？」

「隠すだなんて……、本当のことを申し上げているだけです」

「あなたが絵本やおもちゃだけでなく、新素材の開発や新技術の開発に携《たずさ》わっているという噂を小耳に挟みました」

なにかしらこの人……。随分直球で聞いてくるわね。

「とんでもないですわ。新素材は父と弟が開発したものです。わたくしは、販路開拓に関わる程度ですし、新技術は職人の努力の賜物《たまもの》ですの。なんの知識もないわたくしがそのようなこと、できるはずもございません」

「……そうですか。不躾《ぶしつけ》な質問をして申し訳ない。とても興味深い噂だったので、好奇心が勝ってしまいました」

しかもあっさり引いた……？

「いえ、誤解が解けて良かったですわ。それでは、晩餐《ばんさん》の準備がございますので失礼いたします」

「はい。楽しみにしていますね」

王子様の表情は、それは見事なアルカイックスマイルだった。

ポヨン、ポヨン、と歩く度に効果音がしそうな王太子殿下は、本当に子供好きらしく、晩餐《ばんさん》の最中もノアににこやかに話しかけ、おもちゃの話で盛り上げてくれるなど大変可愛らしい……いえ、空気を読むのがお上手なのだけれど……

「公子の食器はもしかして、ディバイン公爵夫人が開発された新素材でできているのですか？」

「新素材でできてはおりますが、わたくしが開発したわけではございませんわ」

「ああ、そうでしたね。これは失礼」

第二王子が何故か、ことあるごとに私に話しかけてくるので困っている。

なにが困るって……、テオ様が不機嫌になっていくのよ！

嫁いできたばかりの頃の、氷の大公と呼ばれたテオ様が戻ってきていますわ。

「……ディバイン公爵夫人は、随分少食な気がしますが、体調が優れないのでしょうか？」

私のお皿を見た第二王子が、少し心配そうに言う。

「え、そうでしょうか？　わたくし、昔よりも食べる量は増えているのですが。それに、どこも悪いところはございませんのよ」

貧乏だった頃はあまり食べられませんでしたが、今は色々食べられますわ。

テオ様も第二王子の言葉で、私の体調が気になり出したようだ。

目が、心配でたまらないと訴えていますわ。

「その量で、ですか」

「え？　ええ……」

なにかおかしなことを言ったかしら？

第二王子からあの胡散臭《うさんくさ》い笑みが消え、真剣な表情になっている。

「兄上、女性の食事量を指摘してはいけませんよ」

「ジェラルド……」

王太子殿下がおっとりと第二王子をたしなめた。

「女神……、ディバイン公爵夫人、申し訳ありません。昔、僕の食事のことで兄上に心配をかけてしまったことがあって。それから食事に関して口うるさくなってしまったのです。戸惑われるのはごもっともだと思いますが、ご容赦ください」

「え、あ、はい」

「……夫人、食事に口出しして、大変申し訳ない」

王太子と王子に謝罪され、慌てて大丈夫だと答えたが……この兄弟、お食事のことでなにがあったのかしら？　なんだか第二王子がピリピリしているわ……

私の体調は問題ないとわかっていただけたあとは、王太子殿下のトーク力のおかげで、晩餐《ばんさん》を和やかな雰囲気で終えることができた。テオ様は終始黙ったままだったが。

しかし、それで一日が終わったと思ったら、そうは問屋が卸《おろ》さなかった。

「ディバイン公爵、夫人。よろしければ、我が国でできたワインを用意しますので、ご一緒にどうですか」

第二王子に誘われたら、お断りすることはできない。

テオ様も一緒だから、大丈夫よね……？

そう考え、お客様用のリビングで第二王子と王太子殿下、テオ様と私でワイン片手にお話しすることになった。そこで、晩餐《ばんさん》の席での王太子殿下の言葉が気になっていた私は、聞いてみることにしたのだ。

「あの、失礼ですが、先程の……昔、王太子殿下のお食事のことで心配をかけた、というのは……？」

「っ……」

第二王子の表情が、余裕のあるものから険しいものに変わる。

「あ、申し訳ございませんわ」

聞いてはいけないことだったようで、慌てて口を噤《つぐ》んだ。

「いえ、構いません。昔、僕も少食だったというだけの話ですから」

ヘラリと笑って、ポヨンッとほっぺたを震わせる王太子に、第二王子が困った顔を向ける。

王太子殿下は穏やかに続ける。

「王族の間ではよくある話なのですが、ある頃から、僕の食事に毒が混ぜられるようになりまして、食事をすることが苦痛になってしまった時期があったのです」

え……

思わずテオ様と顔を見合わせる。同じように驚いているテオ様を見て、そうよね、驚くべき話ですわよね？　と思いながら、ワインを美味しそうに飲む王太子を見た。

「その時に、ユニヴァ兄上が僕を献身的に支えてくれたのです。……しかし、その時のことがトラウマになったのか、兄上は食事量の少ない方を見るとつい口出ししてしまうようになりまして……」

「ジェラルド、私は相当偏《かたよ》った食事量の方でないと気にはならない」

それ、私が偏《かたよ》った食事量だって言っていますわよね？

「確かにベルの食事量は少ない。前に比べ、食べるようにはなってきたが……。王太子殿下はどのようにして克服されたのかお伺いしても？」

テオ様!?　どのようにしても、多分これ以上は食べられませんわよ!?

「構いません。僕の場合は、ユニヴァ兄上が、各地の美味しいと評判のレシピや食材を集めてきてくれたのです」

ニコニコと嬉しそうに話す王太子に、第二王子は困ったように、けれど優しい眼差しを向けている。

「幼い頃から可愛がってきた弟が、どんどん痩《や》せていき、塞ぎ込む様はとても見ていられなかった……」

「あの時は、兄上にご心配をおかけしました」

「もう、あの時のようなことは起こさせない。ジェラルドは私が守るよ。絶対に……っ」

第二王子は王太子殿下を見る時だけ、瞳に温かい光が灯っているようだった。

この兄弟……すごく仲がいいのだわ。……隣国……兄弟……毒……、なんだかずっと引っかかっていますのよね……、っそうよ……！　そうですわ!!

『氷雪の英雄と聖光の宝玉』で描かれていた隣国との戦争は、王太子だった第三王子が毒殺されて、絶望視されていた病が急に回復した第一王子が国王となったことで起こったんじゃなかったかしら！　確か、第一王子は戦争推進派で……あら？　もしかして……、このもちフワ癒やし系王太子を生かせれば、戦争は回避できる……？

「あの、女神……っ。と、突然で申し訳ないのですが、僕、女神の絵本が大好きで、だから、だから……っ、サインください!!」

へ？

毒を盛られた話といい、第二王子が弟を見つめる様といい、とてもシリアスな雰囲気だったのだけど、突然、王太子殿下が真っ赤な顔をしてもじもじし始めたと思ったら、どこから取り出したのか、虫と毒の森に侵食された世界で生き抜く小さな村の王女様を題材にした絵本を取り出し、私に差し出したのだ。

「あの、ずっと気になっていたのですが、女神とはまさか、わたくしのことですか？」

「はい！」

「わたくしのサインが、欲しいのですか？」

「はい!!」

「わたくし、絵を描いているわけではございませんのよ？」

「絵本も、おもちゃも、女神が生み出したと聞いています！　このように素晴らしいものを生み出してくださった方のサインを貰わずして、誰のサインを貰えというのでしょうか」

　えぇ……？　ですがわたくしは前世のものを人に伝えているだけで、なにもしておりませんのに……

　困っていると、ユニヴァ第二王子が衝撃的な言葉を放つ。

「夫人、ジェラルドに、サインをいただけないでしょうか？　ジェラルドはずっとあなたのおもちゃや絵本、歌劇が好きで、今回もあなたに会いたくてこちらに訪問させていただいたのです」

「わたくしに、会うためにですか⁉」

「兄上……っ。それは秘密だと言ったではありませんか！」

　秘密だったんですの？

「す、すみません、女神‼　僕、絵本を見てから、とにかく嬉しくて！　人生でこんなに夢中になったの初めてだったんです！　絵本だけでなく、おもちゃも、遊具も、全てが楽しくて……っ、とても感動したんです！　それで今回、グランニッシュ帝国を訪問するのであれば、絶対ディバイン公爵夫人にお会いしたいと兄上に我儘《わがまま》を言って、ネロウディアス皇帝にも、ディバイン公爵にもご迷惑をおかけしてしまって……。でも、でも、本当に女神を尊敬しているのです‼」

　先程から、女神というのが気になるのですが……

　でも、隣国にも絵本やおもちゃで楽しんでくれている方がいらっしゃったのね。なんだか嬉しいわ。

隣のテオ様を見ると、私の肩をしっかりと抱き、無表情で王太子を見ている。

テオ様……もしかしてまた、ヤキモチを焼いていらっしゃるの？

すると今度は第二王子が頭を下げる。

「……私は正直、ジェラルドが騙《だま》されているのではないかと疑っていました。ですから、どんな人となりの方なのか少し確かめさせていただいておりました。数々の無礼、申し訳ありません」

「えぇ!?　兄上、女神を疑っていたの!?」

「当たり前だろう。あのように手広く、しかも子供向けに商売をする女など、狡賢《ずるがしこ》く金に汚い女に決まっている。素直なお前が騙《だま》されるんじゃないかとずっとハラハラしていた」

狡賢《ずるがしこ》く金に汚い……。そんな風に思われていましたのね。あら、もしかして悪女フラグが立っている？

「なんてこと言うの!?　女神がそんな方なわけないじゃないかっ」

「お前は昔から、人が善《よ》くて素直すぎる。そんなところも長所だが、女という生き物は浅ましく、狡賢《ずるがしこ》いものだ。特に貴族の令嬢は皆、獣のように高位の男を虎視眈々《こしたんたん》と狙っている」

ユニヴァ第二王子……、少し前のテオ様と同じようなことを言っていますわ。

「ユニヴァ王子、確かにほとんどの女性は獣だが、私のイザベルはそれらとは違う」

テオ様までおかしなことを口走り始めたのだけど!?

「ディバイン公爵、確かに夫人は誰彼構わずフラフラついていくような方ではないようだ。が、それはお金も権力もお持ちのあなたがいるからではないですか。もし、ディバイン公爵と結婚していなければ、私の可愛い弟を手玉に取っていたかもしれません」

「兄上っ、女神に失礼ですよ！」

「ジェラルド、私はお前を何者からも守ると決めているのだ。お前に近付こうとする者は見極めなければならないだろう」

ユニヴァ王子ってもしかして……ブラコンですの？　というか私、近付いておりませんわよ。

「ベルは王太子にもユニヴァ王子にも近付いてはいない。それに、たとえ私と結婚してなかったとしても、他の女のように浅はかな真似はしない。私のベルは、誰よりも清らかで美しい人なのだからな」

テオ様ぁ!?

「ハハハッ。誰よりも清らかで美しいのは私のジェラルドです。王族でありながら、妖精のように清らかな心を持つ弟は、この世の至宝でしょう」

「妖精？　フンッ。あれらは清らかとは程遠い存在だ。私のベルは、女神のように美しい」

「いや、私のジェラルドの方が――」

なんなのですの、コレ。お二人とも、ワインで酔っているのかしら……

「兄上が申し訳ありません！　酔っ払っているわけではないのですが、昔からユニヴァ兄上は過保護で……。僕の食事に毒が混入されてから余計、こうなってしまって……」

「いえ、わたくしの旦那様も失礼なことを言っておりますし、申し訳ございませんわ」

それにしても――

「ジェラルド王太子殿下、毒を混入した者が誰か、明らかになっているのでしょうか？」

「……はい」

「わかっていながら、捕らえてはおりませんの？」

「……そのとおりです」

王族に毒を盛って、正体も明らかなのに捕まえられない人……

「その、それってもしかして……」

第一王子――ジェラルド王太子の同腹のお兄様が、毒を盛っていた……？


ジェラルド王太子殿下に再びサインをねだられたため、絵本にサインをして一足先に退室させていただいた。寝室に戻ると、私たちのベッドで、ノアが寝息を立てている。

「まぁ、ノアったらこっちのお部屋に来ていたのね」

クスクスと笑いながら、可愛い息子の横に転がる。そして、未だお酒を飲みながらおかしなことを言い合っているテオ様とユニヴァ王子を思い出して、溜め息を吐いた。

あの二人、意外と話が合いそうでしたわ。

そんなことを考えながら、隣国の情報と、『氷雪の英雄と聖光の宝玉』の内容を頭の中で照らし合わせる。

隣国との戦争が起こったのは、ノアが十六の年。つまり今から十二年後に戦争が起こるということ。だけど、黒蝶《こくちょう》花《か》のことといい、皇帝のことといい、少しずつマンガの内容からズレていっているわ。

それを思うと、十二年後に必ず戦争が起こるとは限らない。けれど、ジェラルド王太子は、昔から毒を盛られていると言っていたわ。そしてテオ様も、皇帝に毒を盛られた事実はマンガどおりだった。

しかも二人は、どちらも十二年後に毒で亡くなっているのよ。

不自然なほど、共通点があるのはきっと、二人が同じ毒で殺されたからだろう。

おそらく、ジェラルド王太子は、『黒蝶花《こくちょうか》の毒』を盛られているか、これから盛られるはずですわ。

「第一王子は今、病気が悪化して療養中だから、その前に飲ませた可能性が高いのよね……」

すでに黒蝶花《こくちょうか》の毒を盛られているかもしれないジェラルド王太子に、あの真っ黒な解毒薬を飲ませようとしても、絶対あのブラコン――ユニヴァ王子が許さないだろう。なにしろ、毒よりも毒らしい見た目なのだ。下手したらジェラルド王太子のトラウマによって、また食事ができなくなるかもしれない。

「テオ様だって、ジェラルド王太子が黒蝶花《こくちょうか》の毒を飲んでいる可能性があるなんて、信じないだろうし」

下手すると、そんなことを知っている私が疑われかねないわ……

「ハァ、一体どうしたらいいのかしら……」

天使のような寝顔の息子を見つめながらつらつら考えていると、いつの間にか眠気に襲われ、いい案も思いつかないまま夢の中へ旅立ってしまった――

◆　◆　◆

「どうして部屋から出てきていますの!?　わたくしはこの子を部屋へ閉じ込めておけと言ったはずよ!!」

「申し訳ございません。奥様」

ヒステリックな声に対し、感情のこもっていない声で謝罪する使用人。それを今、私はぷかぷかと浮いた状態で、少し上から見下ろしていた。顔がよく見えないわ、と思い移動する。

あら？　この使用人、ミランダではなくて？　ではこのヒステリックな声の主は……

「あの男と同じ顔をして……っ。同じ色の瞳でわたくしを見ないで!!　あんたなんて、どこかに行ってちょうだい!!」

私!?　なんで目の前に私がいるの……!?　ど、どうして……、もしかしてこれ、明晰夢《めいせきむ》とかいうものかしら？　私が浮いている時点で夢を見ているのは間違いないわね。

「消えて!!　わたくしの前から消えてよ!!」

夢の私がヒステリックに当たり散らしている。その視線の先にいたのは……

っなんてこと……っ、ノアじゃないの！

少し大きくなっているけれど、間違いなくノアだった。九歳くらいだろうか。

……このシーンには見覚えがあるわ。『氷雪の英雄と聖光の宝玉』の最初のページで描かれていたシーン。

『氷雪の英雄と聖光の宝玉』は、前世でも流行《はや》ったとは言いがたい電子コミックだ。私がそれを見たきっかけは、たまたま見たマンガの広告で紹介されており、なんとなしにタップしたのが始まりだった。マンガは、九歳のノアが、継母に辛く当たられているところから始まる――

甘えたい盛りの子供であるにもかかわらず、ノアは継母に話しかけることも、近付くこともしなかった。たまにこうして、出会い頭に怒鳴られることはあったものの、すぐに立ち去れば問題はなかったのだが、この日は運悪く、剣術の稽古でクタクタだったこと、また稽古の時に足を挫《くじ》いていたのもあって継母と出会い頭にぶつかり、倒れ込んでしまったのだ。案の定継母は、ノアに怒りをぶつけてきた。悪いことは重なるものだ。ちょうど継母は、ノアの父テオバルドの執務室から出てきたばかりで、最高に機嫌が悪かった。そして……、パンッ、と大きな音がしたと思ったら、ノアの頬が熱を持ち、ジンジンと痛みが襲ってきたのだ。この時初めて、ノアは継母から暴力をふるわれた。

そういうシーンだったはず……、って、まさか、目の前の私が、可愛いノアのほっぺを叩くというの!?

パンッ！

乾いた音とともに、目に飛び込んできたその光景に血の気が引く。

なんてこと……っ。私が、可愛いノアの頬を打ったの⁉

ノアのほっぺたが真っ赤になって腫《は》れている。

夢でもこんなこと、許されないわ‼　イザベル！　あなた、なにをやっているのよ！

ノアに駆け寄ろうとしても、空中を漂っている状態の私は、これ以上二人に近付くことができない。見る角度は変えられるのに……！

「っ……わたくしに近付かないで‼」

そう言い放ち、打たれた衝撃で立ち上がれないノアを置き去りにして、さっさと行ってしまったイザベルに呆然とする。

いけない、ぼんやりとしている場合じゃないわ。今はノアだ。

ノア‼　私の可愛い子っ、怪我を見せて……っ。

しかし、ノアに懸命に手を伸ばした時、場面が急に変わった。まるで映画を見ているように……

「どうして旦那様は助けてくれませんの……っ」

部屋で泣き崩れるイザベルの姿が、そこにはあった。

こんなシーン、マンガで見たことないわ……

「……わたくしがあんなものを見つけてしまったばかりに……！　お父様、オリヴァー……っ。ごめんなさい……っ。ごめんなさい……っ」

あんなもの……？　マンガの私はなにかを見つけて……テオ様に救いを求めていた……？

するとまたシーンが変わる。

「旦那様！　お願いしますっ、父と弟を助けてくださいませ!!　どうか……っ」

テオ様の執務室で、土下座しているイザベルの姿。そして、それを冷たい瞳で見下ろすテオ様……

「助ける？　お前の父親は、辺境伯となる。悪い話ではない」

「新素材の権利も領地も、全て皇帝に奪われ、辺境に飛ばされることのどこが、悪い話ではないのですか……!!」

「新素材の権利など、いち伯爵が持っていてもいいことはない。シモンズ伯爵……いや、辺境伯は、与えられた領地で大人しくしていれば穏やかに生活できるだろう」

マンガのイザベルは、私と同じように新素材を発見していた……？　しかも実家は、洗脳されている皇帝に権利と領地を奪われ、辺境に送られたというの……？　それにしても、テオ様のこんなに冷たい声を久々に聞いたわ……

「……あなたは、新素材が軍事に利用されることになった時も助けてくださらなかった……、そして今も……っ」

地べたに座り込んだまま、涙を流すイザベル。興味を失ったように書類に目を移すテオ様。

これが本来の……私たちの関係……

また場面が変わる。

「旦那様!!　隣国が攻め込んできました!!　シモンズ辺境伯領が戦地となり……、辺境伯が亡くなったと報告が……っ」

「……そうか」

ウォルトが執務室に飛び込んでくる。それに顔を上げたテオ様は、私が知っているテオ様より年をとっており、顔色が悪い。

それよりも、今……なんて言った？

「オリヴァー殿はどうした」

「オリヴァー様は、現在砦《とりで》に立てこもり、増援を待っているとのことです！　旦那様、すぐに増援を……っ」

「わかっている。すぐに手配を……ぐっ」

「旦那様!?」

え、テオ様……？　テオ様が私の目の前で倒れていく。

そして――

「どうして……っ、どうしてお父様とオリヴァーが……！　あの時旦那様が、助けてくだされば……、隣国が攻めてきた時、すぐに騎士団を動かしてくだされば……っ。許さない……、許さない、許さない……っ」

父と弟の命を奪った隣国も、救おうとしなかったディバイン公爵も、皇帝も、新素材を見つけてしまった愚かなわたくし自身も……っ、決して許さない！

◆◆◆

「っ……」

ここは……私とテオ様の、寝室……

ドッドッドッ……と、心臓が早鐘を打っている。冷や汗が止まらない。

今は、現実……よね？　夢と現実が一瞬わからなくなっていたわ……

「ベル？　起こしてしまったか？」

「っ……」

隣から聞こえるテオ様の優しい声に、涙が込み上げてくる。

「ベル……？　どうした!?」

私が泣いていることに気付いたテオ様が、私を強く抱きしめ涙を拭ってくれた。強いお酒の匂いがして、くらくらする。

「怖い夢でも見たのか？」

「……テオ様」

「大丈夫だ。私が君を守るから」

ああ……、私のテオ様だわ。あの夢の公爵様ではなく、私の優しいテオ様……

「テオ様……わたくし、あなたをお慕いしております」

「ベル？　……私もだ。私も、君だけをこんなにも愛している」

テオ様は、本当に愛おしそうに私を見つめ、額、瞼《まぶた》、頬とキスをして、微笑んだ。あの悪夢に出てきた冷たい人は、どこにもいない――

エピローグ

「ノア様、このような早朝に、お庭でなにをされるのですか？」

「あのね、わんわんと、あしょぶのよ！」

「わんわん……もしかして、公爵家の番犬、ナラとデュークのことですか⁉」

「しょうよ！　にゃらと、でゅーく！」

「か、カミラはあのわんわんは、お顔が怖いのでちょっと苦手です。ドーベルマンって、お顔怖いじゃないですかぁ」

「カミラ、だいじょぶよ。わんわん、やさちぃの」

「そうでしょうか……、あの子たちが侵入者を容赦なくガブガブしていたところ、目撃したことがあるんですけど……」

「がぶがぶ？」

「おや、ノア公子、おはようございます！」

「あ、じぇりゃるどさま！　おはよ、ございましゅ！」

「ノア公子は早起きなのですね。よろしければ、僕とこの素敵なお庭をお散歩しませんか？」

「はい！」

「折角ですから、ノア公子がいつも遊んでいる遊具を見学したいのですが、ダメでしょうか？」

「ゆーぐ……しゅべりだい？」

「そうです！　滑り台っ、帝都の『おもちゃの宝箱』で、初めて体験したのですが、あれは素晴らしく楽しいものでした！」

「わたちも！　おっきな、しゅべりだい、ちたの！」

「ノア公子もですか！　一緒ですね！」

「はいっ、いっちょ！　じぇりゃるどさま、わたちの、しゅべりだい、みせてあげるの！」

「はい、お願いします」

「おてて、ちゅないで、ください」

「はい。ノア公子、行きましょう」

「はーい！」

「ヒィ！　隣国の王太子殿下と、朝のお散歩……。カミラは空気、カミラは空気……」


「うんちょ……」と可愛らしい声とともに、僅《わず》かにマットが沈むのがわかった。

「おかぁさま、おっきちて？　おねぼうさんなのよ？」

あら……？　天使の声が聞こえるわ……。ここは天国なのかしら。

「ん……」

「おかぁさま、おっきちた？」

重い瞼《まぶた》をなんとか開くと、銀色に縁取られたアイスブルーの瞳が顔を覗き込んでいて、ついぎゅっと抱きしめてしまった。

「きゃーっ」

どうやら本当に天国のようですわ。朝から幸せ。

「ノア、おはよう」

「おはよ、ございましゅ！　おかぁさま」

可愛い笑顔を見せるノアに、昨日の悪夢も吹き飛んだ気がした。

「わたちね、じぇりゃるどさまとね、さっきね、おさんぽちたのよ！　たのちかったの！」

「あら、王太子殿下と仲良くなったのね」

「はい！」

朝のお散歩が楽しかったと笑う愛息子の話を聞きながらベッドを下り、この現実に安堵してほっと息を吐いた。

けれど、ただの夢だと思えないのはどうしてなのかしら……。漠然とした不安が、ずっと胸につかえているようで、なんだか……

「おかぁさま、じぇりゃるどさま、てーとの、おかぁさまのおみせ、しゅべりだい、ちたの！　わたちといっしょ！」

「まぁ、王太子殿下も帝都支店に？」

隣国の王太子があの滑り台を滑るなんて、スタッフも驚いたでしょうね。ノアの楽しい話を聞いていたら、私もウキウキしてきましたわ！

「じぇりゃるどさま、おかぁさまのおもちゃ、だいしゅきなの。わたちも、だいしゅき！」

「ノア……っ」

あなたのために作り始めたおもちゃを、あなたが好きだと言ってくれる。これがどれだけ嬉しいことか。ねぇノア、あなたはわかるかしら。

ノアはニコニコと笑い、「でもね」と声を潜《ひそ》めて、内緒話をするように私の耳元で言ったのだ。

「わたちのいちばん、おかぁさまよ！」

「まぁ！」

私の一番欲しかった言葉をくれるのね！

お母様も、なによりもあなたが愛しいわ。私の可愛い息子。あなたが母と呼んでくれるこの日常が、ずっと続くように、私は、なんだってするわ。悪魔にだって、なんにだって、絶対に負けたりしないんだから！

ノアの笑顔は、私が守るのよ！

使用人の環境改善プロジェクト

これは私、イザベル・ドーラ・ディバインが十九歳の誕生日を迎える少し前のこと。

「――それで、メイド服が汚れて、別の服を着ようとしたらそれも洗濯中で、他のメイドから服を借りたら、貸したメイドがそれを忘れていて、紛失したと大騒ぎになった……と？」

「はい、奥様。お騒がせしまして、本当に申し訳ございません！」

メイド頭のイビザが、メイド二人とともに頭を下げているのだけど……

「制服の管理……、根本的なことを改善しないと、また同じような問題が起こりそうですわね……」

「「奥様!!　申し訳ございませんっ」」

私が怒っていると勘違いしたのか、イビザの後ろにいた二人が土下座を始めてしまった。

「あ、違うのよ。謝罪は受け入れるわ。大丈夫、処罰もしません」

「処罰も、なしですか……？」

イビザが驚いたように目を見開き、床に額をつけていた二人もポカンとした顔で私を見る。

「大きな問題にもなっていないのだし、わたくしに正直に説明するのは怖かったでしょう。二人にとっては十分罰になったはずですわ」

「「お、奥様ぁ……っ」」

ポロポロと泣き出すメイドたちをなんとか宥《なだ》め、床から立ち上がらせる。

「そうね。そろそろ皆の制服を一新しないと、と思っていたのよ。これを機に、制服の管理体制も改善しましょう！」

使用人のブラックな職場環境の改善に本腰を入れようと、私は心の中で気合を入れたのだ。


まずは問題点の洗い出しですわね。

現在、制服は夏と冬、合服をそれぞれ二着ずつ支給している。制服の管理は個人に任されていて、紛失した場合は懲戒解雇《ちょうかいかいこ》となる。

かなり重い罰よね。

何故そんなに重い罰が科せられるのかというと、制服は各家でデザインが微妙に違い、他家の者が簡単に紛れ込まないようにするためのセキュリティの一つだからだ。仮に制服が流出すると、それを着て悪い人が入り込む可能性がある。そのため、誰かが制服を紛失すると、安全を守るために全てのメイドの制服を一新しなくてはならない。

つまり、制服を紛失するということは、主《あるじ》一家を危険にさらすのはもちろん、お金もかかることなのだ。

「個人で管理しているということだけど、あなたたちは普段、どこに入れて管理しておりますの？」

「は、はいっ、自室のクローゼットに入れております!!」

なるほど。部屋は二〜四人部屋。クローゼットに鍵はないようだ。

実際に二人の部屋を見せてもらったが、十五畳程度の広さに四つのベッドとクローゼットが並べられているだけの簡素な部屋だった。壁に鏡が一つかけられているが、全身が映る姿見などはない。部屋に仕切りもないし、これじゃあプライベートもなにもないですわね。若い女の子の部屋が、ほぼベッドとクローゼットで埋まっているなんて……

「部屋の扉は鍵がかかるようになっておりまして、働いている間、鍵はメイド頭が管理いたします」

「え？　それだと、お休みの子はどこで過ごしますの？」

「外出するか、メイドの休憩室でしょうか」

休みの日まで職場の休憩室で過ごすなんて嫌だわ！　休日はベッドで昼まで寝ていたいと思うでしょう。これは……、制服の管理体制の見直しだけでなく、従業員寮を別に作るべきじゃないかしら。まぁ寮を作るのは時間がかかるから、そうね……、ロフトベッドを作ればいいんだわ！　天井の高さだけは十分あるし、飾り棚にもなるような階段を横につけて、ベッド下はデスクと、卓上用の鏡を置けばそこで身支度もできるし、カーテンで仕切ればプライベート空間も確保できますわ。早速メイド頭とウォルトに相談してみなくてはいけませんわね！

「あの……奥様？」

「ハッ！　ごめんなさい、違うことを考えておりましたわ。そう、制服よね。個人に管理を任せているわりに罰が重いのも問題ですわよね……」

やはり、管理は専門部署でおこなった方がいいわ。それに、セキュリティを考えるなら制服の見えづらいところに名前の刺繍を入れるべきよ。それなら、紛失した時に他の者の手に渡っても名前を見ればわかりますもの。

多少お高くつくでしょうけど、私の予算がまだ余っておりましたわよね。

「二人とも、ありがとう。参考になりましたわ」

「いえ、とんでもございません」

「お目汚しをいたしました」

平身低頭のメイドたちに、これ以上は無理を言えないわ。

彼女たちに別れを告げたあと、早速企画書を作った私は、公爵様にアポを取り、執務室へ向かったのだ。

「――制服の管理……？　君の好きにすればいい。邸内のことで、公爵夫人である君が采配を振るっても誰も文句は言わないだろう」

「まぁっ、企画書に目を通さずそのようなことをおっしゃっていいのですか？」

「君を信用している」

公爵様、最近私に対する態度が軟化していますわよね……。

「ありがとう存じますわ。それでは、ウォルトや侍女頭、メイド長と相談しながらおこないます。それと、邸《やしき》の敷地に使用人専用の寮を作りたいと考えているのですが、許可をいただけませんか？」

「待て。使用人専用の寮だと？」

あら、こちらはさすがに流れで許可はいただけなかったですわ。残念。

「今は邸内に二〜四人部屋で暮らしておりますが、同室の者が仕事の時間になると、たとえお休みの日でも部屋から追い出されますのよ。それはちょっといかがなものかと思いますの。邸内の安全性を守るために厳しいルールになっていますが、邸《やしき》の敷地内に使用人専用の寮を作ることで改善できるのではないかと思いますの」

「使用人にそこまでの待遇を用意するなど、聞いたこともない」

呆れたように私を見る公爵様に、「使用人は奴隷ではありませんのよ」と言い放つ。

「他家がどうだろうとそんなことは関係ありませんわ。仕事をしていただく以上、快く働いてもらえる環境を整えることが、わたくしども雇用主の義務ですわ」

「……はぁ、わかった。好きにするがいい」

「まぁっ、さすが旦那様！　わかってくださると思っておりましたわ」

「……ゴホンッ」

あら、お顔が少し赤いわ。咳も出ておりますし、お風邪かしら？

「あ、それと」

「まだあるのか⁉」

そんな迷惑そうなお顔をなさらなくてもよろしいでしょう。失礼ね。

「寮が完成するまで、時間がかかりますので、取り急ぎ、個々のプライベート空間が確保できるロフトベッドを作らせたいのですが、よろしいでしょうか？」

　大きい頼みから小さな頼みごとになると、受け入れてもらいやすくなりますのよね、などと思いつつ、公爵様を見ると、眉間に皺《しわ》を寄せ、困惑したお顔でこちらを見ていた。

「ろふと、ベッドだと……？　なんだそれは」

　絶対そう言われると思ったので、ロフトベッドの図をつけた企画書も用意しておりますわ！　抜かりはありませんのよ。

　自信満々にその企画書をお渡しすると、パラパラと目を通した旦那様が眉間を揉みながらウォルトにそれを渡した。

　受け取ったウォルトは旦那様と同じように素早く目を通すと、ぷるぷると震え始めたではないか。

「お、奥様……っ、これは」

「え、なにか問題でもあったかしら？　詳細な寸法は職人と相談しながらと思っているのだけれど……」

　公爵様とウォルトの反応に不安になってきたその時——

「奥様！　これは画期的です!!　そもそも、ベッドをこのように浮かせ、高い位置で眠るなど今まで誰一人考えもしませんでした。騎士団の寄宿舎などにもこれを導入すれば、狭い部屋に余裕ができる上に、プライベートな空間も確保できます！」

　まぁ、騎士団の寄宿舎。なんだか汚そう……、と思うのは偏見《へんけん》かしら。

「そ、そう。では、許可していただけるのかしら」

「旦那様！　これは使用人の部屋だけでなく、寄宿舎でも取り入れるべきです」

「……わかった。許可しよう」

ウォルトの鬼気迫る勢いに、公爵様も圧倒されたらしい。

考えていたよりも規模が大きくなりそうだけれど、許可が下りたのだから、すぐイフの工務店に行って相談しないとね！


こうして、いつもの工務店に足を運び、早速イフに仕事を頼む。その後は、制服を注文するために、いつも使用人の服を作ってもらっている服飾店へ行く。

「なにも奥様が自ら足を運ばれなくとも、邸《やしき》に来てもらえばいいのではありませんか？」

馬車の中でミランダからそう言われたが、今回のメイド服は使いやすさと洗練された見た目の両方を追求したいので、直接デザインを相談したいのだ。

生地や見本が揃っている店で打ち合わせをした方が融通《ゆうずう》がきくだろう。

実際足を運ぶと、服飾店のスタッフが恐縮して、店内が上を下への大騒ぎになってしまったけれど、店主にコンセプトとデザインを相談した途端、やる気を出してくれたのでよかったわ。


そして——

「これが、私たちの新しい制服ですか!!」

「わぁ！　エプロンにポケットが付いてる！」

「スカートも広がりがあって動きやすいですし、目立たないようにここにもポケットが付いています！」

「これ、スカート自体にパニエがくっついてるから、中に別で穿《は》く必要がないんだわ！」

「制服が軽～い！　しかもセパレートになっているから、上下どっちが汚れても着替えやすいね！」

「この靴下、ずり落ちないし、足の曲げ伸ばしもしやすいわっ」

数人のメイドに、夏、冬、合服の着心地を試してもらっているのだけど、どうやら好評のようですわね。

今までのメイド服は、エプロンにポケットもないし、スカートもパニエを穿《は》いて膨《ふく》らませないといけないし、靴下も、ゴムがなかったからいちいちガーターベルトを使っていたらしい。

それで仕事をしていたメイドはすごいわ。

「どこか気になる点はないかしら？　皆の意見を取り入れて作ってみたのだけれど」

私が話しかけると、メイドたちは一斉に姿勢を正し、お喋《しゃべ》りをやめる。

「こんな素晴らしい制服、本当に私たちが着てもよろしいのでしょうか？」

「かなり上等なもののようですが……」

「この靴下も、すごくお高いのではないですか？」

確かにセパレートにした分お金はかかるが、パニエやガーターベルトという余計なものはカットできたし、彼女たちが考えているほど高くついてもいない。

それに、ゴムを使った靴下を開発したので、多分これから出費よりも収入の方が多くなるだろう。

使用人の仕事環境を改善しようとして、思わぬ副産物ができてしまいましたわ。

「あなたたちが仕事をしやすいように作った制服よ。そのようなこと、気にせず使ってもらいたいですわ。それに、あなたたちはディバイン公爵家のメイドですもの。公爵家のメイドなんて、相当優秀でなければなれないのよ。その制服を着ることでそれを自覚し、誇りをもって仕事に励んでいただきたいの」

「「「「奥様……!!」」」」

メイドたちが目を潤ませ、「私たち、奥様のために頑張ります！」と宣言してくれた。ありがとうとは言ったものの、よく考えると、そこはディバイン公爵家のために、ではないのかしら？

そう思ったが、ミランダが誇らしげに頷いているから、いいのかしら。

その後、使用人たちの更衣室を別に作ったのだけど、初めて公爵邸の部屋数の多さに感謝しましたわ。家具を移動させて少し手を入れるだけで更衣室になるのですもの。

制服も管理する部署を新しく作ったので、紛失事件はぐっと減った。


ウォルト待望のロフトベッドはどうなったかというと……

「まるで個室ができたみたいです!!」

「リラックスできるようになりました」

「奥様は女神様です！」

使用人の部屋に、ベッドの部品を運び込み（もちろん大工さんたちが）組み立てると、それはもう皆大絶賛だった。落ち着いて眠れるようになったという声も上がり、導入後は、皆がいきいきと働いている気がする。

急ぎ建設中の寮は、おしゃれなルームシェアマンションのようにリビングやキッチンは共同、あとは個室を予定しているが、完成の暁《あかつき》にはこれらのロフトベッドは騎士団の寄宿舎へ移すと決まっている。

「あとは、福利厚生の見直しね」

いくら仕事場の環境を整えても、仕事内容がブラックのままなら、結局なにも変わらない。

貴族に仕《つか》える使用人の仕事は、はっきりいって過酷だ。なにしろ朝は五時、六時には仕事を開始し、夜中の十時頃にやっと終わる。十六時間から十七時間の労働のうち、休憩時間はたったの一時間。休みは月に二度ほどという、前世の記憶がある私からすれば、どんな地獄だと思うブラックさなのだ。それでもまだいい方だというのだから、空恐ろしい。

「そもそも、仕事とプライベートが曖昧なところが一番ダメなのですわ！」

仕事場で生活していると、プライベートなんてなくなりますものね。屋敷内を私服でうろつくわけにもいかないのだから、余計そう。

というわけで、私がおこなったのが、一日八時間労働、休憩は一時間、拘束時間は休憩含め九時間で、休みは週に二度、有給休暇もありというホワイトな職場作りである。

「お、奥様、私はクビになるのでしょうか!?」

「この労働時間ではお給料はほとんどないのでは!?」

「こんなに休みがあってもなにをしたらいいのか……」

「これでは仕事が回りません！」

などなど、最初は見事に社畜ゾンビたちの不安が噴出したが、給与は据え置きにするから、とりあえずやってみようと皆を説得した。きちんとシフトを組んでそれを表にすることで、仕事も効率よく回るようになり、皆の顔色も良くなって、ミスも減ったのだ。

「最初はどうなることかと思いましたが、皆、以前よりも働きやすくなったと喜んでおります」

使用人の統括をしている執事長のウォルトは、労働時間が減ることで、一人一人の負担が大きくなるのではと考えていたようだが、労働時間が長ければ仕事をこなせるというものではないのだ。

「人間は適度に休むことも必要なのですわ」

休まず仕事を続けていたら、それこそミスが増え、余計な仕事が増える。さらにイライラして人間関係も悪くなる。悪循環に陥《おちい》り、中には拘束時間が長すぎてお喋《しゃべ》りしかすることがない時間ができてしまう、というおかしなことも増えてしまうのだ。

「そのようです」

ウォルトが力なく笑うので、「あなたも、旦那様も、休息は必要ですわよ」と注意しておいた。

この二人だけは、いくら言っても働きづめですのよ！

「承知いたしました。奥様」

苦笑する社畜ゾンビに溜め息を吐くと、私はディバイン公爵邸の敷地内に建築中の、社員寮の様子を見に向かったのだった。

そうそう、今回提案したロフトベッドはね、商品化されてベル商会から売り出され、庶民の間で大ブームになりましたのよ。

～おまけ～


「おかぁさま！　わたち、あれ、のぼってみたいの」

後学のため、ノアにロフトベッドを見せようと、カミラの部屋にお邪魔させてもらったら、瞳をキラキラさせて、上ってみたいと言い出したの。

「あら、あれは遊具ではないのよ？」

「おもちゃ、ない？　しゅべりだい、みたいよ？」

ロフトベッドの横に付いている階段が、遊具みたいに見えるのかしら。可愛いわぁ。

「そうねぇ。でもあれはベッドなの。ねんねするところなのよ」

侍女なので二人部屋という高待遇のカミラの部屋は、四人部屋のメイドたちの部屋と同じくらいの広さだ。なので、最初はロフトベッドなど必要ないだろうと思っていたのだが、カミラと同室の侍女のたっての願いで、ロフトベッドを導入した。

　確かにロフト下の部分をカーテンで仕切ってプライベート空間にできるので便利ではあるけれど、部屋の真ん中で仕切るなりした方がいい気も……

「っ！　わたち、あしょこ、ねんねしゅる!!」

「あらあら、あれはカミラのベッドよ。ノアがねんねしたら、カミラがねんねできなくなってしまうわ」

「カミラと、いっちょ、ねんねしゅる！」

「ノア様……っ、カミラは、感激です～!!」

ちょっとジェラシーですわよ。カミラ。

クリシュナ先生の魔法の辞書

SIDE　テオバルド

しんと静まり返る部屋の中、ペンを走らせる音と紙を捲《めく》る音が耳につく。インクと羊皮紙の独特な匂いまでが気になるのは、集中できていないせいか。

今日は登城せず、自宅の執務室で仕事をしているというのに落ち着かん。

視線を上げると、補佐机にはウォルトの姿があり、いつものように淀《よど》みなく仕事をこなしている。

椅子の背にもたれ、眉間を揉んでマッサージをする。ウォルトはそれに気付き、立ち上がると手早くお茶を淹《い》れ、出してくれた。

「お疲れですか」

「ああ……。貴族の大半を粛清《しゅくせい》したおかげで、仕事が終わらん」

「しばらくはこの忙しさが続きそうですね。ですが、事務方で一般人と女性の登用が始まれば、少しは落ち着くでしょう」

「それはどうだろうか。貴族はプライドが高いからな。庶民や女性が自分と同等の立場で仕事をするとなると、相当な抵抗を覚えるだろう。こちらで上手く制御せねば、逆に大きな問題となりかねん」

「問題は山積みですね」

苦笑するウォルトを横目に、溜め息を吐く。

「頭を悩まさずに済むのは、将来有望なイーニアス殿下のことだけだな」

「あの方は努力もなさる天才ですから、きっと良き皇帝となるでしょう」

「ああ。必ず賢帝として後世に名を残す」

「名君の傍らには、ノア様もいらっしゃるのでしょうね」

ウォルトは誇らしげに話すと席に戻り、書類をまとめ始める。

ノア……私の息子は、最近口が達者になってきた。父親としての責任を放棄し、放置していたせいで、舌はまだ上手く動かせず言葉は拙《つたな》いが、最近は妻のおかげでどんどん生意気に……いや、活発に育っている。

「そうだな。ところで、ノアの教育はどうなっている」

「滑舌《かつぜつ》に関しては、舌の発達というよりは、精神面での問題のようです。こちらに関しては、時間をかけて解決していく他ないとのことです」

精神面か……

「勉強面は全く問題ないご様子。覚えもよく、すでに簡単な文字も書くことができるようになられた、と報告を受けております」

「そうか」

本当ならば、ロバート・ラーマ・クリシュナ伯爵を教師として迎えたいのだが、彼にはイーニアス殿下のことを頼んでいるからな……

机の一番上の引き出しに目をやると、ウォルトが微かに笑ったような気がした。

鍵のかかるこの引き出しには、私が幼い頃から大切にしている辞書が入っている。

「クリシュナ先生の辞書ですね」

ウォルトは私の思考が読めるのか、そう言って微笑ましいものを見るような目をする。少々、居心地が悪い。

「そろそろ、ノアにも辞書が必要だろう」

「とてもお喜びになると思います」

ＳＩＤＥ　ノア

アスでんかね、むずかちぃことば、たーくさんちってるのよ。

「アスでんか、どおちてしょんなに、むずかちぃの、ちってるの？」

だから、きぃてみたの。だってね、わたちもむずかちぃの、たーくさんおぼえたら、おかぁさま、ノア、いいこねって、ちてもらえるの！

「むずかしいのを、しっている……？　あっ、わたしには、クリシュナせんせいの、じしょがあるのだ！」

「くりちゅなしぇんちぇ、じちょ？」

「そうだ。クリシュナせんせいは、わたしにべんきょうを、おしえてくれるひとなのだぞ」

おべんきょ、おちえてくれりゅのね。わたちにも、しぇんちぇ、いる！　でも……

「じちょ、なぁに？」

「うむ。じしょとは、わからないことばを、しることができるもの、なのだぞ」

「……？」

わからないの、ちる……まほお？

「そうだ！　ノアにクリシュナせんせいの、じしょをみせてあげるのだ」

「はい！」

アスでんか、わたちにまほおのじちょ、みしぇてくれるって！

「このつくえの、かぎがかかるところへ、いれているのだぞ」

ノアだけにとくべつに、おしえてやろう！　って、アスでんかが、くびにぶらさげたキラキラの、つくえのあなにさちて、まわちたの。

「くびの、キラキラ、きれーね」

「うむ。このカギはなくしてはダメだから、くびからさげているのだ」

つくえの、いれるところあけたら、えほん、でてきたのよ。

「えほん！」

「ノア、これはえほんではなく、じしょだ」

「じちょ？」

「うむ。このほんに、えはついていないのだ」

「えほん、ちがう……」

アスでんか、たいせちゅそぉに、じちょだっこちて、ソファにしゅわって、ひろげてみせてくれたのよ。

「え、ないの」

「そうなのだ。このように、たくさんの『たんご』がかかれている」

「だんご……だんごむち？」

コロコロまんまるなって、おもちろいむち！

「ダンゴムシじゃなく、たんご……そうだ！　じしょで『たんご』とはなにかを、みてみよう」

だんごむち、ちがったの。

「ノア、このじしょは、とじると……ほら、このだんめんに、いろがついたがらが、うかぶのだぞ」

じちょとじたら、おいろ、ちゅいてるのね！

「このいろがついたところが、アルファベットじゅんに、ならんでいるのだ」

「……？」

アスでんか、おちえてくれるけど、むじゅかちぃの……

「すまぬ。せつめいが、むずかしかったな」

「わたち、わからないの、ごめんなさぃ……」

「ノアがあやまることはない！　わたしが、うまくおしえることが、できぬのがわるいのだ」

しょんなことないの！

「アスでんか、じちょ、おちえてくれて、ありがと。もっと、おちえてほちぃの」

「ノア……うむ。わかりにくいかもしれぬが、じっさいに、しらべてみよう」

「はい！」

「まず、しらべたいもじの、あたまのもじ……いまは、『たんご』をしらべたいから、『た』のもじでさがすと……」

アスでんか、おいろがちゅいてるとこ、さわって、ひらいたの。

「もじ、たくさんね」

「そうだろう。えはないが、とってもわかりやすいのだぞ」

わたち、まだよめないじ、あるの。はやく、アスでんかみたいに、なりたいのよ。

「あった！『たんご』とは、いみをもった、もっともちいさい、げんごのたんい……？」

むじゅかち……

「げんご、とは、ことばのこと、だから……あっ、そらをとぶ、というぶんしょうは、『そら』『を』『とぶ』というみっつのたんごで、あらわされている！」

「たんご、おそらのことね！」

「うむ！　おそらのことだ」

わたち、ひとちゅ、かちこくなったのよ！　えっへん！

「アスでんか、くりちゅなしぇんちぇ、じちょ、まほおのじちょね！」

「ん？　まほうの、じしょ？」

「むじゅかち、ことも、わかる、まほおのじちょ！」

「うむ！　まほうのじしょなのだ！」

アスでんか、まほおのじちょ、だきしめて、うふふって、わらったのよ。わたちも、うふふって、わらったの。

「まぁ！　イーニアス殿下は難しい言葉をたくさんご存知だと思っておりましたが、魔法の辞書をお持ちでしたのね」

おかぁさま、わたちたちのしょばで、こおごおさまと、おはなち、ちてるの。

「そうね。魔法の辞書……、いい響きだわ。今度クリシュナ伯爵にも教えてあげましょ！」

「クリシュナ伯爵？」

「イーニアスはロバート・ラーマ・クリシュナ伯爵に教えていただいているのよ」

「クリシュナ伯爵家といえば、代々学者の家系でしたわね」

おかぁさま、くりちゅなしぇんちぇ、ちってるのね。おちりあい？

「そう！　クリシュナ先生はあのテオ様の先生でもあるのよ！」

くりちゅなしぇんちぇ、おとぅさまの、しぇんちぇ？

SIDE　テオバルド

その日の夜、妻子を交えての晩餐《ばんさん》で、息子に話しかける。

「ノア、勉強はしっかりやっているか」

「はい！」

勢いよく頷く息子の姿に少々驚く。思わず妻を見ると……笑みを浮かべているのは何故なのか。

「テオ様、ノアはお勉強が好きなのですって」

「わたち、ちらないの、おしょわるの、しゅき！」

「ノア、お勉強楽しい？」

「たのちぃ！」

そう答える息子に、妻が私を見て嬉しそうに頷いた。その笑みはとても美しい。

「そうか……。私がお前くらいの年頃から師事していた教師がいるのだが……」

「ちじ？」

「ノア、お父様の先生のことですわ。ノアが今お勉強を教えていただいている先生がいるように、お父様にも先生がいらしたのよ」

「おとぅさまの、しぇんちぇ！　くりちゅなしぇんちぇ！」

息子はどこで聞いたのか、私の教師がクリシュナ伯爵だと知っているようだった。

「私の先生を知っていたのか」

「ちってるの！」

息子は胸を張る。リアクションがいちいち大袈裟《おおげさ》で戸惑ってしまう。

「……まぁいい。その先生が作ってくれた辞書というものがある」

「じちょ！　アスでんか、もってるのよ！」

そうだろう。なにせ、『辞書』はクリシュナ伯爵が最初に作ったものだからな。私はあの人が作ったもの以外、辞書などというものは見たことも聞いたこともない。

生徒にではなく、ご自身用にも辞書を作っているそうなので、いつか見せてもらいたいと思っている。

なるほど、皇宮で、私の先生だと皇后にでも聞いたのだろう。

「くりちゅなしぇんちぇ、しゅごいって、アスでんか、おはなち、ちてくれたの」

息子は目を輝かせて、殿下から聞いたクリシュナ伯爵のことを教えてくれた。どうやら辞書も見せてもらったことがあるようだ。

「じちょ、むじゅかち、ことば、たくさーんのってるの」

「フフッ、ちょうど今日、イーニアス殿下に辞書を見せていただいたのですわ」

そういうことか。

両手を広げて話している息子を見て嬉しそうに笑う妻は、今日皇宮であったことを教えてくれた。

ならば良いタイミングだったのだな。

「ノア、そのクリシュナ先生から昔いただいた辞書を、お前に渡そう」

「おとぅさまの、じちょ？」

「ああ。私が大切にしていたものだ」

ウォルトに目配せすると、恭《うやうや》しく息子の前に辞書を差し出した。

少々古いが、問題なく使えるものだ。

「アスでんかとおなじ、まほおの、じちょ！」

「魔法？」

何故魔法の辞書と言ったのかはわからないが、息子は目を丸くして、差し出された辞書と私を見比べるので、「これからは、わからない言葉はこれで調べるのだ」と伝えた。すると息子は宝物を見るような目で辞書を見て、そうっと手に取った。

「おとぅさま、ありがと、ごじゃいましゅ！」

誕生日に時計をプレゼントした時も思ったが、息子は一人前の男として接すると喜ぶようだ。嬉しそうに妻に辞書を見せに行ったかと思ったら、「魔法の辞書」だと言って、今度は使用人にも見せている。

「あの辞書はね、わからないことを知ることができる、魔法の辞書なのですって」

妻の言葉に、そういえば私も幼い頃は、辞書にはなんでも書いてあると考えていたことを思い出す。

確かに、あの辞書を全て覚え切る頃には、様々なことを知る歳になっているだろう。それに知識は身を助けるともいう。

「クリシュナ先生の魔法の辞書か」

最強のアイテムだな。